마쓰우라 야타로 松浦弥太郎

일본 직장인들이 닮고 싶어 하는 프로페셔널.

고등학교를 중퇴하고 미국으로 건너갔다. 미국의 서점 문화에 매료되어 귀국 후 트럭을 마련해 여행하는 서점을 열었다. 일본의 곳곳을 돌아다니며 책을 팔았다. 그 경험을 바탕으로 2002년 일본 셀렉트 서점의 선구로 평가받는 작은 서점 '카우북스COW BOOKS'를 열어 지금까지 운영하고 있다. 2006년부터 2015년 3월까지 70여 년의 역사를 지닌 일본 최고의 잡지 〈생활의 수첩〉의 편집장을 지냈다. 일상의 즐거움을 안내하는 웹사이트 '생활의 기본'을 시작해 현재까지 운영하고 있다.

자신의 경험을 바탕으로 한 책들을 꾸준히 출간하고 있으며, 한국에 출간된 책으로는 『나만의 기본』, 『일의 기본 생활의 기본 100』, 『안녕은 작은 목소리로』, 『울고 싶은 그대에게』, 『일상의 악센트』 등이 있다.

좋은 감각은 필요합니다

'센스 있는 사람'이 되는
생활·일·마음가짐 단련법

좋은 감각은 / 필요합니다

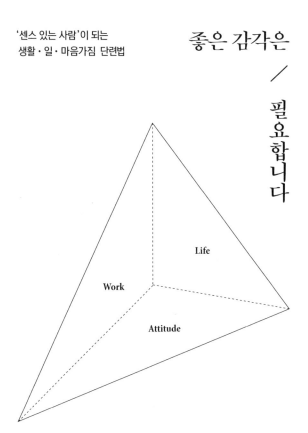

Life

Work

Attitude

마쓰우라 야타로 지음 | 최윤영 옮김

indigo
Story and media

프롤로그　　　　좋은 감각은 사는 데 도움이 됩니다

인사 방식, 편지 쓰는 방식, 차를 마시거나 식사를 하고 타인과 대화를 나누며 맞장구치는 방식, 요리, 청소, 걸음걸이며 앉는 자세 등, 일상생활 속 모든 행위는 그 사람의 감각을 보여주는 거울입니다.

사소한 행동이지만 문을 열고 닫을 때도 상대에게 우아한 느낌을 주느냐, 난폭한 느낌을 주느냐는 차이가 있습니다. 직장 내 회의에서 의견을 내는 타이밍이나 목소리 크기, 말하는 속도도 자신이 지닌 감각의 표현이라 할 수 있겠지요.

그만큼 '좋은 감각'은 중요합니다. 그러나 그런 감각

은 학교나 사회에서 가르쳐주지 않지요. 그렇다면 감각이 좋은 사람이 되려면 어떻게 해야 할까요? 그리고 좋은 감각은 어떻게 기를 수 있는 것일까요?

일도 생활도 일정 수준까지는 누구나 도달할 수 있지만 그 이상의 높은 수준에 다다르려면 그 사람이 몸에 익힌 감각의 차이에 따라 좌우됨을 절실히 느낍니다.

세계적인 리더들만 살펴봐도 알 수 있습니다. 스티브 잡스는 선불교에서 '무無'라는 감각을 배운 뒤 그만의 새로운 감각을 만들어 성공했지요. 이처럼 배운 것을 자신만의 감각으로 발전시킬 수 있으면 어떤 상황에서든 비장의 무기로 쓸 수 있습니다.

감각이 좋은 사람이 되고 싶다. 한때 나는 그렇게 생각했습니다. 이 책은 그런 생각에서 스스로 갈고 닦은 방법들을 정리한 책입니다. 나만의 감각을 기르기 위한 입문이라고도 할 수 있겠지요.

　좀처럼 내 마음대로 되지 않는 사람과의 관계 때문에 괴롭거나 일과 생활 모두 막다른 골목에 내몰린 것처럼 느껴진다면, 나 자신을 다시 정비할 필요가 있습니다.

　우선은 지금 내가 지닌 감각들을 마주합시다. 그런 다음 한 걸음씩 천천히 계단을 올라가듯 나만의 감각을 쌓아나갑시다. 나 역시 지금 그 단계입니다.

　나 스스로를 믿고 나만의 감각을 만들어봅시다.

차례

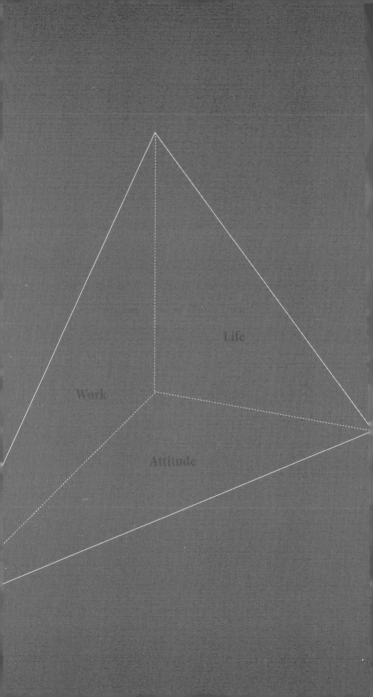

감각이 좋은 사람은
무엇이 다를까요?

내가 생각하는 감각은
'선택하다' 혹은 '판단하다'의
다른 의미입니다.

"감각이 좋은 사람이 되고 싶은데 어떻게 하면 좋을까요?"

어떤 사람에게 이런 질문을 받고 새삼 생각해봤습니다. 내가 생각하는 감각은 '선택하다' 혹은 '판단하다'의 또 다른 의미입니다.

수많은 보기 중에서 무언가를 선택하는 것. 때로는 자신에게 꼭 맞는 선택지가 없어서 누구도 선택한 적이 없는 길을 개척해야 할 때도 있습니다. 언제나 좋은 선택을 하는 것은 아닙니다.

판단 역시 결코 간단하지 않습니다. 주변에 휘둘리지 않고 올바르게 판단해서 용기를 가지고 결정하는 것, 이는 하루하루 일상에 필요한 힘입니다.

본보기가 되는 사람은 세상에 많습니다. 본보기라 해서 어떤 특별한 곳에 있는 게 아니라 우리와 마찬가지로 평범한 장소에서 일하고 생활하고 있습니다. 그러니 우선 주변에서 본보기가 될 만한 사람들을 찾아 자신의 멘

토로 삼고 어떤 식으로 좋은 선택과 좋은 판단을 하고 있
는지를 보고 듣는 자세가 매우 중요합니다.

본보기가 사람이 아니라 일인 경우도 있습니다. 그
일들을 자세히 접해보고, 그 일이 어떻게 진행되는지 과
정을 지켜보면서 깊게 이해하는 태도는 대단히 중요합
니다.

무엇보다 좋은 감각의 단련은 나 자신이라는 세계에
서 이루어진다는 사실을 기억하고, 자신의 마음속 세계
를 오가는 일을 중요하게 여겨야 합니다.

그렇다고 자신만의 세계에 틀어박히는 건 좋지 않습
니다. 어떻게 하면 타인과 함께 좀 더 좋은 사회에서 살
아나갈지를 생각하는 것도 잊어서는 안 됩니다.

감각이 좋은 사람은 남들과 조금은 달라 보입니다. 무
엇이 다를까요? 어떻게 하면 그 사람처럼 될 수 있을까
요? 지금부터 함께 생각해봅시다.

자신의 주변에 관해
무엇이든 받아들이겠다는
자세로 바라봅니다.

좋은 감각을 기르고 싶은 당신이 가장 주의해야 할 점은, 자신의 감각을 과도하게 믿고 있는 사람은 종종 자신 이외의 사람을 부정해버린다는 겁니다.

주위를 받아들이기 힘들다 싶을 때는 보통 자신이 맞고 자신 이외의 세상 사람들이 틀렸다고 생각하기 쉽습니다. '나는 이해받지 못하고 있다'고 느끼는 것이지요. 그 결과 자신 이외를 부정해버리게 됩니다. 그것이 좋은 결과를 낳을 리는 없겠지요.

세상과 사회, 자신의 주변에 관해 무엇이든 받아들이겠다는 자세로 투명한 눈으로 바라봤으면 합니다. 그리고 장점을 발견하는 힘을 키워 많은 것을 호흡하는 것이야말로 좋은 감각을 발견하는 첫걸음이라고 생각합니다.

당신이 살면서 실제로 만나고 보게 되는 그 어떤 것, 그 어떤 사람이건 반드시 장점 한두 가지는 있을 겁니다. 이 사람은 정말로 지독한 사람이라서 평생 가까이하기도 싫을 만큼 혐오하는 사람도 더러 있을지 모르지만 그런 사람도 장점 한 가지 정도는 틀림없이 있을 겁니다. 그 장점이 무엇일지 생각하고 관찰하며 발견하는 습관을 들이면 자기 자신에게 아주 좋은 훈련이 될 뿐만 아니라 결국 사물의 본질을 판별하는 눈을 단련하는 것으로도 이어지겠지요.

모든 것에는 뭐든 장점 한 가지는 있다. 이는 사람에게만 국한되는 건 아닙니다. 컵 하나에도, 접시 하나에도, 눈에 보이는 형태를 지닌 것에는 장점이 반드시 한 가지는 있습니다.

평소 어울리는 지인들 중에도 감각이 좋은 사람이 많습니다. 그러나 그 사람들이 100퍼센트 완벽한가 하면 절대 그렇지 않습니다. 각각의 다른 장점을 지닌 느낌이랄까요. 많은 장점을 지닌 사람은 대체로 균형이 잘 잡혀 있고 어떤 사람이나 어떤 일에 관해서건 모두 순수하게 받아들입니다.

그리고 이 사람들의 공통점은 무엇이 정보인지를 확실하게 알고 있다는 겁니다. 정보란 본래 자신이 실제로 보았거나 체험한 것뿐임을 잘 알고 있지요. 그래서 누군가에게 듣거나 어딘가에서 읽은 것, 더구나 입소문이니 랭킹이니 하는 것들은 실제로는 정보가 아님을 잘 알고 있습니다. 경험한 것을 확실하게 자신의 언어로 말할 수 있는 것이 진짜 정보이고, 우연히 보거나 건너 들은 내용은 정보가 아니라고 여깁니다.

그래서 자신만의 감각을 지닌 사람은 주변 사람이 타인에 대해 이러쿵저러쿵해도 절대로 수긍하지 않습니다. 소문으로 모두가 들썩여도 직접 겪은 경험이 아니므로 부정도 긍정도 하지 않고 조용히 듣습니다.

자신의 경험만 이야기하기 때문에 대체로 기분 좋게 지낼 수 있습니다. 사람과의 신뢰 관계 또한 깊어집니다. 그리고 그 사람을 생각하면 언제나 만나고 싶은 기분이 듭니다.

나 역시 그렇습니다. 함께 무언가를 생각하며 이야기를 나누고 싶거나 그 사람에게서 무언가를 배우고 싶은 마음이 들게 하는 사람을 만나고 싶습니다.

당신의 마음속에는
자신이 직접 경험하고 발견해서
얻은 것이 있습니까?

감각이 좋은 사람들은 머리로만 생각해서 말하지는 않습니다. 무언가를 판단하려는 게 아니니까요. 자신이 알고 있는 지식으로만 말하지 않고 마음의 서랍을 열어 느낀 그대로를 꺼내 보인다고 나는 생각합니다. 머리와 마음을 조화롭게 사용합니다.

실제로는 그런 사람의 말이 상대에게 잘 전달된다는 사실을 나는 편집 일을 하면서 아주 잘 알고 있습니다.

기사 타이틀이나 내용을 정리한 머리글을 쓰는 경우를 예로 들어봅시다. 그것은 지면의 첫 부분이자 도입부로 독자의 마음을 잡아 끄는 문장을 써야 해서 굉장히 중요합니다. 이렇게 쓰면 위화감 없이 자연스럽다고 하는 상투적인 문구도 있고 그럴싸한 문장도 만들 수야 있지만, 그러면 독자의 마음에 와닿지 않습니다. 머리로 계산해서 쓴 글은 막상 활자로 보면 그럴듯하게는 보여도 딱 그 정도의 글밖에 안 됩니다.

내가 편집장으로 있는 〈생활의 수첩〉에 들어가는 타

이틀이나 머리글을 몇 번이고 고쳐 쓰게 할 때가 종종 있습니다. '뭐지?' 싶은 얼굴을 하고 있는 편집부원에게는 "머리를 사용하지 말고 마음을 사용해서 다시 쓰세요." 라고 말하는 수밖에 없습니다. "당신은 이 기사를 담당하면서 감동한 적이 분명 있을 겁니다. 당신만의 방식으로 그것을 더 찾으세요." 하면서 말이지요.

때로는 그렇게 완성한 글이 이해하기 어렵거나 살짝 이상한 느낌이 들 때도 있지만 그래도 괜찮습니다. 자신만의 방식을 능숙하게 글로 녹여낼 수 있는 사람이 편집자로서 크게 성장해나갈 수 있기 때문입니다. 그게 바로 자신만의 감각이니까요.

그러나 안타깝게도 아무리 도전해도 자신만의 것을 못 찾는 사람도 있습니다. 이는 머릿속에 여러 지식이 있을지 몰라도 정작 마음속에는 아무것도 없기 때문입니다. 바꿔 말하면 자기 스스로 감동을 못한다는 말이지요. 그러니 마음속을 아무리 뒤져도 나오는 게 없습니다.

당신의 마음속에는 당신이 직접 경험하고 발견해서 얻은 것이 있습니까? 직접 체험한 일상의 감동이나 놀라움이 없는 사람은 타인과의 소통도 아주 얕을 수밖에 없습니다. 그러면 '또 만나고 싶다'는 생각은 들지 않을 것입니다.

자신이 해야 할 일과 하지 말아야 할 일을
정확히 판단할 수 있는 것은
매우 본질적인 능력입니다.

　사람을 대할 때나 사물을 볼 때 반드시 자신에게 허용된 공간이 있습니다. 이 공간이란 상대와의 사이에서 자신에게 허용된 폭 혹은 거리감이라고도 부르는데, 여기까지는 들어와도 된다는 틈을 말합니다. 이는 비단 사물에 한해서만이 아니라 마음속에도 있습니다. 내가 알고 있는 좋은 감각을 지닌 사람들은 이 공간을 조용히 능숙하게 살피며, 무엇보다 경계를 넘는 일은 절대로 하지 않습니다.

　자신에게 주어진 공간이 어느 정도인지를 순간적으로 판단하는 힘은 훈련으로 가능해지는 것은 아닙니다. 타고난 소통 능력이라고 할 수 있습니다. 어떤 상황에서건 자신이 해야 할 일과 하지 말아야 할 일을 정확히 판단할 수 있는 것은 매우 본질적인 능력입니다.

　소위 센스가 좋다고 불리는 사람들은 상대가 누구건 기분 좋은 감각을 헤아리는 능력이 매우 뛰어납니다. 그렇게 하려면 상대의 분위기를 감지하는 안테나를 민감하게 세워둬야 하는데, 이는 쉬운 일이 아닙니다.

지금 내가 무엇을 해야 하고 무엇을 하지 말아야 할지 순간마다 판단하기란 참으로 어려운 일입니다. 하지만 반드시 이 힘을 익혔으면 합니다.

어떻게 하면 상대에 따른 적절한 거리감을 조절하는 감각을 배울 수 있을까요? 여러 사람들을 만나고 경험하고 시도하는 수밖에 없습니다. 실패하고 창피당하는 일을 반복하는 과정 속에서만 배울 수 있는 것이니까요.

일상 속 사소한 것까지
자신의 기준이 되는 것이
무엇인지를 밝혀 봅시다.

가족 사이에도 타인과의 관계에도, 그리고 업무에서도 큰일을 결정하는 것은 사실 작은 일의 축적이라 생각합니다.

지극히 상식적인 습관, 모두가 평범하게 생활하는 일상 속에서 행하는 당연한 일, 이를테면 아침에 똑바로 인사를 하는 일, 사용한 물건을 정리해두는 일, 도움을 받으면 "고맙습니다." 하고 감사 인사를 하는 행위가 그렇습니다. 반대로 이 작은 일의 축적을 등한시하는 사람이 타인의 신뢰를 얻거나 선택을 받는 일은 없습니다.

모두 저마다 자신 나름의 이 작은 습관과 약속처럼 자신만의 기준을 갖고 있지요. 그러나 그것을 항상 꺼낼 수 있도록 확실하게 정리하는 사람은 많지 않습니다. 대다수 사람들은 마음속의 서랍에 엉망진창으로 쑤셔두고 있지 않을까요?

일상 속 사소한 것까지 자신의 기준이 되는 것이 무엇

인지를 밝혀 봅시다. 그리고 인사 똑바로 하기, 깔끔하게 정리하기, 규칙적으로 생활하기와 같은 작은 일들을 하나하나 꺼내어 정리한 다음 마음속에 알기 쉽게 넣어 두는 겁니다. 안 그러면 막상 일상생활에 활용하려고 해도 잘 안 됩니다.

'아침에 해야 할 일', '자기 전에 해야 할 일', '외출 시해야 할 일', 혹은 '절대로 하지 말아야 할 일'로 분류해 보는 것도 정리 방식의 하나겠지요.

누군가에게 선택받는

사람이 되고 싶다면

주변인들부터 인정하는

마음을 가져야 합니다.

열 명의 사람이 있다고 했을 때 한 명이 선택받고 아홉 명이 선택받지 못하는 극단적인 일은 거의 없습니다. 열 명이 있다면 결국은 아홉 명이 선택받는다고 나는 생각합니다. 세상에는 자신에게 맞는 여러 가지 역할이 있으니까요. 그러나 선택받지 못하는 한 명이 있는 것 또한 현실입니다. 그 한 명이 되어서는 안 되겠지요.

열 명 중 한 명만 선택받는다면 진입 장벽이 굉장히 높겠지만, 열 명 중 아홉 명이 선택받는다면 그만큼 장벽은 낮아지겠지요. 그러니 결코 뛰어넘을 수 없는 장벽은 아닙니다.

사람은 자신이 선택받을 때 변화합니다. 따라서 무의식적으로 선택받지 못하는 자신을 받아들이고 단념하는 것이 아니라 선택받을 수 있는 자신을 목표로 해야 마음을 열고 좋은 감각을 키울 수 있습니다.

보통 선택받지 못하는 사람은 자신 이외의 사람을 인정하지 않는 경우가 많습니다. 요컨대 항상 인정받고 싶어하는 사람일수록 선택받지 못합니다. 좀처럼 '이 사람!' 하고 선택받지 못 하는 사람은 "그러면 당신은 누구를 인정하는가?"라는 질문에 말문이 막히는 경우가 많습니다.

예를 들어 아직 신입이라 직급이 낮음에도 불구하고 주변 사람을 깔보고 남의 말을 무시하며 인사도 제대로 안 하는 사람이 당신 직장에도 있지 않나요? 그런 사람은 게으름을 피우는 게 아니라 주변 사람을 인정하지 않는 사람입니다. 인정하지 않기 때문에 그런 태도를 취하는 거지요. 그런 태도로는 어느 누구도 그를 선택하지 않습니다.

그러니 선택받고 싶고 인정받고 싶다면 먼저 자신의 주변인들부터 살펴보세요. 자세히 보면 주변인들에게도 멋있는 부분, 좋은 부분을 분명 발견할 수 있습니다.

상대에게 바라는 것이 있다면 자신이 먼저 그것을 하

지 않는 한 그 누구도 해주지 않습니다. 선택받는다는 것은 인정한다는 의미이므로 누군가에게 선택받는 사람이 되고 싶다면 주변인들부터 인정하는 마음을 가져야 합니다.

자신의 생각을 제대로 말하고
글로 쓸 수 있는 사람이야말로
좋은 감각을 지닌 사람이라고 믿습니다.

우리는 매일 소통을 하며 살아가고 있습니다. 대부분 소통은 '말'로 이루어지는 경우가 많습니다. 자신의 생각을 말하면서 풀리지 않았던 고민의 실마리를 찾기도 하고 복잡했던 문제를 해결할 때도 있습니다.

그래서 나는 이야기를 주고받는 것을 좋아합니다. 대화를 하는 사이에 어떤 한 가지가 계기가 되어 내 안에서 흐릿하던 것이 깨끗하게 결말이 난 적이 있습니다. 그게 아니더라도 즉흥적으로 사람과 이야기를 나누면 도무지 정리가 안 되던 것이 말끔하게 정리되는 경우도 있습니다.

그러나 이야기를 주고받는 것이 자신 안의 흐릿하던 일을 분명하게 만드는 최선의 방법은 아닙니다. 이는 어디까지나 '이런 방법도 있다'는 것이지, 말할 것도 없이 스스로 생각하는 것이 가장 중요합니다. 스스로 발견하는 게 중요하다는 의미입니다.

사람이 무언가를 생각하는 과정 속에서 쓰는 작업 또

한 참으로 중요합니다.

내게 '쓰기'는 곧 '생각하다'여서, 사고하는 데 있어 쓰지 않으면 앞으로 나아갈 수 없는 경우도 있습니다. 자신의 머릿속에서 두둥실 떠다니는 감각적인 것을 포착해 하나하나 말로 구현해나가는 것이 '생각하는 것'이라고 나는 생각합니다. 포착해서 말로 표현한 것을 문장으로 써나가면 더욱 다양한 세상이 보이게 됩니다.

문장을 쓰는 일은 엄청난 집중력이 필요하며 때로는 괴로운 일이지만, 그 끝에 탄생하는 것은 어딘가에서 가져온 것이 아닌 완전히 자신의 것입니다.

안타깝게도 요즘은 생각하는 사람이 많지 않은 것 같습니다. 이러다 자칫 잘못하면 어느 순간 '생각하다'는 단어가 세상에서 사라지지 않을까 하는 생각마저 듭니다. 자신의 생각을 제대로 말하고 글로 쓸 수 있는 사람이야말로 틀림없이 매력적인 사람, 좋은 감각을 지닌 사람이라고 믿습니다.

나에게 중요한 것이
무엇인지가 포인트.
그것이 모서리이자
움켜쥐어야 할 곳입니다.

포장 이사 아르바이트를 하던 때에 무거운 짐은 "모서리를 들어라."는 말을 들었던 일이 떠오릅니다. 무거운 냉장고도 모서리를 들면 편하다, 가벼워진다고 말이지요.

문득 사물은 모두 이런 이치가 아닐까 하는 생각이 들었습니다. 요컨대 '모서리 잡기'의 중요성. 사물의 포인트는 지렛목을 잡는 것으로, 이를테면 '일의 모서리는 어디일까?', '지금 관련된 일의 지렛목은 무엇일까?' 하는 부분을 찾아내어 거기를 들면 되는 겁니다. 들었을 때 안정적이며 조금의 불안감도 없는 위치가 반드시 있습니다.

처음에는 드는 위치에 따라 기분도 달라질 수 있음을 느꼈습니다. 생각이 더 나아가 어떤 일이나 사건이건 반드시 지렛목이라는 기준점이 있고 그 지렛목의 위치 발견에 따라 변화된다는 사실을 발견했습니다.

모서리를 들면 된다는 것은 사물에 한정된 이야기가 아닙니다. 면 부분을 들면 무겁고 힘이 분산되어서 불안

정합니다. 같은 일도 그 일의 면이 아니라 모서리에 해당하는 부분을 들어보세요. 그 일의 모서리가 어디인지를 찾아 모서리만 들면 되는 겁니다.

그렇다면 지금 내가 맡고 있는 〈생활의 수첩〉의 모서리는 어디일까, 잡지를 만드는 일 속에서 모서리는 어디일까? 나는 어느 부분을 가장 움켜쥐어야 할지를 생각해보니 역시 독자와의 관계였습니다. 독자와의 접점, 독자와의 소통만 단단히 들면 된다는 걸 알았습니다.

독자는 일단 제쳐놓고 잡지를 만들 수도 있겠지요. 잡지 비즈니스라는 시점으로 생각하면 독자를 두 번째로 미룰 수도 있지만 지금 잡지 만들기에서 제일 중요한 건 독자와의 깊은 유대임을 나는 믿고 있습니다.

그래서 내게 〈생활의 수첩〉의 모서리는 독자입니다. 독자가 〈생활의 수첩〉을 지탱해주고 있습니다. 따라서 내가 움켜쥐어야 할 포인트는 독자입니다.

여러분도 자신에게 중요한 사건이나 일이 무엇일지,

혹은 자신을 지탱하고 있는 것은 무엇일지를 생각해보면 좋겠습니다. 만일 인간관계라면 자신과 상대를 지탱하고 있는 접점은 어디인지, 프로젝트를 기획하고 있다면 누구를 위하고 무엇에 기쁨을 느끼고 싶은 프로젝트인지와 같은 방식으로 말입니다. 그러면 지금껏 깨닫지 못했던 사실이 보이게 될 겁니다.

지인 중에는 잡지 편집자가 많습니다. 그중에는 물론 독자도 중요하지만 사실 자신이 만들고 있는 잡지는 광고 수입으로 비즈니스를 하고 있다는 사람도 있습니다. 그렇다면 아마 그 일의 모서리는 광고 클라이언트가 되겠지요. 그곳이 확실히 잡아둬야 하는 포인트일 겁니다.

업무뿐 아니라 일상생활도 모두 마찬가지입니다.

나에게 중요한 것이 무엇인지가 포인트. 그것이 모서리이자 움켜쥐어야 할 곳입니다.

솔직하게 살아가기 위해
자신을 지켜보고 있는 사람이 있음을
늘 가슴에 새기고 있습니다.

　세상에는 많은 사람이 있습니다만 자신이 신경 쓰고 있는 만큼 타인은 자신의 자잘한 부분에 관심을 두지 않습니다.

　속담에도 '눈 안 보이는 천 명보다 진짜를 알아보는 한 명을 두려워하라'는 말이 있습니다. 아무도 안 보니까 괜찮다, 이만하면 됐겠지 싶은 행동을 하게 될 때는 항상 반드시 누군가가 지켜보고 있다, 자신을 꿰뚫어 보는 사람이 보고 있다고 스스로를 타이릅니다.

　그래서 누군가에게 손가락질당하거나 비난받지 않았다고 해도 해야 할 일을 하지 못했거나 불충분했던 일, 감사의 마음을 가지지 않았던 일, 거짓말했던 일 등은 자신이 알고 있으므로 결코 속일 수가 없습니다. 물론 속일 수 없을 만큼 확실한 실패는 순순히 받아들이고 반성하면 됩니다.

　그러나 '뭐, 이만하면 괜찮겠지'의 태도로 대처하거나 자신의 실패를 모두와 공유해야 하는 상황임에도 흐

지부지하게 대처했을 때, 그런 일은 대체로 드러나지 않지만 결단코 전부를 꿰뚫어 보는 사람이 있는 법입니다. 내게 아무 말도 안 하지만 어딘가에서 지켜보고 있는 그런 사람이 한 명 정도는 있을 거라고 생각합니다.

솔직하게 살아가기 위해, 정직하게 살아가기 위해, 나를 지켜보고 있는 사람이 한 명쯤은 있다는 걸 늘 가슴에 새기고 있습니다.

매력 있는 것을 만들기 위해서는
기존의 것에 매달리기보다
아예 새로운 것을 만든다는
마음가짐을 가지고 시도해야 합니다.

가끔은 세상에 없는 매력적인 형태를 직접 만들어야만 할 경우도 있습니다. 이를테면 카우북스에서 만든 토트백 등의 제품을 어떻게 하면 도매로 팔 수 있을지 생각했을 때도 그랬습니다.

처음에는 기프트 쇼에 참가해봤습니다. 그 방법밖에 없었습니다. 친구와 자금을 모아 부스 하나를 빌려 공유했습니다. 그곳에 백화점 바이어들이 찾아와서 상품을 보고 가장 먼저 가격을 물었습니다. 대답하니 "비싸네." 한마디. 다음에는 도매가를 물었습니다. 대답하니 그 가격엔 거래를 못하겠다고 하더군요. 모두가 도장으로 찍은 듯이 똑같은 말을 하고는 갔습니다. 어떻게 고안되었는지를 궁금해하거나 감촉이나 들었을 때의 느낌에 대해 묻는 게 아니라, 가격이나 거래 조건만을 이야기하고 가버리는 태도에 정말로 낙담했습니다.

3일간의 쇼를 끝낸 우리는 더 이상 이 기프트 쇼에 참여할 필요가 없다는 것을 깨달았습니다. 한번쯤 경험해두는 것은 중요합니다. 그 이외에 무언가 할 수 있는 방법이 있지 않을까 고민하다가 유레카를 외쳤습니다. 우리가 제작자와 판매자를 연결하는 플랫폼을 직접 만들어보자고 말이지요. 우리가 바라는 것을 다른 누군가도 바라고 있을 거라고 생각한 겁니다.

그래서 친구 다섯이서 만든 플랫폼이 합동 전시회 'STOCKISTS'입니다. 처음에는 작은 공간을 빌려 책과 관련된 제품이나 가구 및 문방구와 액세서리 등 다섯 곳의 업체가 한 방을 빌려, 마침 기프트 쇼와 같은 시기에, '제품이 만들어진 배경에 스토리가 있다'는 주제로 시작했습니다.

STOCKISTS에는 한 번 출점하면 그 사람은 주최 멤버가 되는 형식을 취했습니다. 모두가 함께 운영하기 때문에 입점료는 싸지만 저마다 역할이 있습니다. 말하자면 기간이 정해진 작은 상점가가 생긴 셈이지요.

이렇게 시작한 STOCKISTS는 규모가 커져서 요즘에는 150곳의 업체가 참여하고 있습니다. 처음에는 거들

떠보지도 않았던 백화점 바이어도 오고 있지요.

무에서 유를 창조해내기 위해서는 노력과 공부가 필요합니다. 모두가 참여할 수 있을 만한 형태를 생각하고 그로 인해 새로운 관계가 형성되면 혼자의 힘 이상의 것이 가능해집니다.

지금까지도 많은 사람이 모이고 오래 지속되고 있는 것은 모두들 그 형태를 기분좋게 받아들이기 때문일 것입니다.

매력 있는 것을 만들기 위해서는 기존의 것에 매달리는 게 아니라 아예 새로운 것을 만든다는 마음가짐을 가지고 시도해야 합니다.

도전하는 사람, 포기하지 않는 마음,

나는 이 두 가지를 매우 중요하게 여깁니다.

이는 혼자 힘으로

무언가를 완수해야 할 때도,

타인과 함께 일을 할 때도 마찬가지입니다.

　무엇을 하건 중요한 것은, '더욱 좋게 만들기 위해 어떻게 해야 좋을까', '지금은 이렇지만 이렇게 하면 더욱 좋아지지 않을까'의 태도로 공부하고 발견하면서 변화시켜나가는 겁니다.

　도전하는 사람, 포기하지 않는 마음, 나는 이 두 가지를 매우 중요하게 여깁니다.

　이는 혼자 힘으로 무언가를 완수해야 할 때도, 타인과 함께 일을 할 때도 마찬가지입니다. 처음부터 자신을 약자로 만들어서 출발선에 서지 않는다, 그래서 큰 실패는 피해 간다, 그렇게 일단 합격점을 받는 것이 자신의 행복이라는 방식은 절대로 해서는 안 됩니다.

　자신을 변화시키고 싶을 때도 마찬가지입니다. 물론 모두 저마다 약한 부분을 갖고 있습니다. 만능인 사람은 거의 없습니다. 그러나 모두 출발선에 서야 하는 때가 있고 '탕' 하고 출발 신호가 울리면 뒤처지거나 구르더라도 열심히 달려야 할 때가 있습니다. 자신의 약점을 내세

우며 설렁설렁 진심을 다하지 않는 태도는 참으로 안타
깝습니다.

세상에 승자와 패자가 존재하는 것은 어쩔 수 없는 일
이지만 승자와 패자의 차이는 종이 한 장 차이입니다. 그
래서 나는 패자라서 안 된다고는 생각하지 않습니다. 패
자여도 부지런히 무언가를 계속 도전해나가는 것만으
로도 가치 있는 존재로 바뀌니까요.

경쟁 자체만으로도 가치가 있을 때도 있습니다. 패자
의 미학이라는 말도 있고요. 패배한 자가 승리한 자보다
큰 박수를 받는 일도 있지요. 그래서 나는 항상 몇 번을
져도 굴하지 않고 다시 도전하는 마음을 가지는 자세가
중요하다고 생각합니다.

그렇다고 해도 단숨에 노력이 결실을 맺고 결과를 내
는 경우는 많지 않을 겁니다. 생각대로 되지 않고 실패만
이어지는 경우도 있겠지만 스스로 의욕을 꺾지 않고 계
속 도전한다면 누군가는 지켜봐주기 마련입니다. '이 사

람은 아무것도 모르고 시작했으니까', '이 사람은 노력하고 있으니까' 하고 말이지요.

철봉을 하는 사람이 깔끔하게 거꾸로 오르기를 성공하는 모습을 보는 것도 좋지만 내가 가장 좋아하는 모습은 계속 실패하면서도 몇 번이고 몇 번이고, 반복해서 다리를 치켜들었다가 떨어지는 모습, 그 모습이 더 좋습니다. 반대로 보기 싫은 모습은 고작 한 번 해놓고서는 안 된다고 "관둘래." 하면서 다시 도전하지 않고 가만히 서 있는 사람, 그 모습이 제일 보기 싫습니다.

안 되더라도 몇 번이고 몇 번이고 계속하면 모두가 지켜봐준다고 나는 믿고 있습니다.

세상에는 나를 부정하는 사람이 있습니다.
나는 그 사람들의 평가가
제일 정확하다고 생각합니다.
말 그대로 가장 사실적인 평가지요.

비판은 자신이 성장하고 진보하고 있는 증거라고 생각합니다.

비판은 요컨대 맞바람이지요. 맞바람은 자신이 선두에 서서 앞을 향해 걸어가고 있다는 증거입니다. 오히려 바람이 불지 않는 것이 가장 안 좋습니다.

예를 들어 다섯 명의 사람이 "애쓰고 있다.", "잘하네."라고 말해준다고 해봅시다. 하지만 그 수만큼 넌 안 된다고 말하는 사람도 있습니다.

그러나 자신이 어떤 한 가지를 하겠다고 단단히 결심했다면 그 비판은 받아들이는 수밖에 없습니다. 도망쳐서는 안 됩니다. 도망치지 않고 대처해나가야 합니다.

나를 부정하는 사람이 있다고 해보죠. 친구들 중에도 회사 안에도, 세상에는 나를 부정하는 사람이 있습니다. 나는 그 사람들의 평가가 제일 정확하다고 생각합니다. 말 그대로 가장 사실적인 평가지요. 반대로 가까운 사람의 평가는 정확하지 않는 경우가 대부분입니다. 무조건

너그럽게 봐주니까요.

　대부분의 경우 칭찬해주는 사람이 목소리를 높이는 일은 없습니다. 그러나 내게 무언가 말하고 싶은 사람은 목소리를 높입니다. 그런 사람의 목소리는 내게 전부 와 닿습니다.

　나는 각오가 되어 있기 때문에 차분히 받아들이는 쪽을 택했습니다. 왜 그러느냐고요? 고통이나 괴로움이나 힘듦은 도망칠수록 쫓아오는 것임을 알고 있기 때문입니다. 도망치지 않으면 그것들에 쫓기지 않습니다.

　한 발짝이라도 뒤로 도망치면 사정없이 쫓아옵니다. 도망치지 않는 것은 그것을 마주한다는 의미입니다.

많은 사람들에게 사랑받는 것이 무엇인지

그 감각을 익히고 싶다면

자신을 더 끄집어내지 않으면 안 됩니다.

열 가지 싫은 일이 있어도 한 가지 좋은 일이 생기는 게 인생입니다.

얼마 전 중학교 2학년 학생으로부터 편지를 받았습니다. 그 편지는 '〈생활의 수첩〉을 읽었습니다'로 시작되었지요. 그 아이는 친구 관계로 문제가 생겨 학교를 갈 수 없게 되었다고 합니다. 등교 거부였던 모양인데, 그래도 자신은 잘못이 없다고 생각했다고 합니다. 그때 아이 엄마가 "여기 좋은 글이 써 있네." 하며 전해준 것이 〈생활의 수첩〉이었습니다. 그 글을 읽고 난 후 '내가 나빴다, 내 잘못으로 모두 이렇게 되었다'고 깨닫게 돼 스스로를 바로잡았다고 합니다. 그래서 다시 학교를 가게 되었고요. 친구가 "변했다"고 하더라는 말로 끝을 맺었습니다.

삶은 참 신기하게도, '더 이상은 힘들어서 안 되겠다'는 마음이 들 때 반드시 자신을 격려해주는 한 가지 일이 생깁니다.

그러나 삶은 대체로 얌전할 리 없는 맞바람 같은 것입

니다. 지금껏 전례가 없는 것을 하려고 하면 많은 사람이 부정합니다.

나는 종종 사람들로 북적이는 장소를 일부러 찾는데 엄청난 공부가 됩니다. 거리에는 다양한 사람들이 있지요. 이 사람들 중 대체 몇 명이 내가 만든 것에 관심을 가지며 구매해줄까, 여기서 뭐라고 큰소리쳐야 돌아봐줄까, 하고 자주 생각합니다.

자신을 중심으로 반경 300미터 이내의 사람들에게 기쁨을 줄 수 있을 만한 것을 만들기는 쉽습니다. 세상 모두가 좋아하는 것을 만들고 싶다면 사람이 많은 장소에 서서 자신의 피부로 직접 느끼는 수밖에 없습니다.

다시 말해 자신의 범위를 넓혀가야 합니다. 많은 사람들에게 사랑받는 것이 무엇인지 그 감각을 익히고 싶다면 자신을 더 끄집어내지 않으면 안 됩니다. 결코 쉬운 일은 아니지만 대단히 중요합니다.

비판하는 사람은 내가 무슨 생각을 하고 있는지, 무엇

을 하고 싶어 하는지 모르기 때문에 비판을 합니다.

그러나 자신의 생각을 제대로 전하고 싶다면 옷을 한 겹 더 벗어야 합니다. 민낯의 자신을, 자신의 이상한 부분을 보여주지 않으면 안 됩니다. 고된 일이지요. 정말로 힘이 들지만 계속해나갈 수밖에 없습니다.

새로운 것을 시도하는 이상 부정의 반응은 늘 따라옵니다. 피할 수 없지요. 그러나 분명, 더는 안 되겠다 싶을 때면 그런 자신을 격려해주는 무언가가 찾아옵니다. 그래서 힘을 낼 수 있습니다. 그것이 가능한 이유는 앞의 중학생이 보낸 편지와 같은 격려가 있기 때문입니다.

어떤 것을 선택할 때
혼자만의 만족이 아니라
많은 사람에게 행복을 줄 수 있느냐 하는
부분이 가장 어렵습니다.
그런 고민이 없는 선택은
자기만족으로 끝나버립니다.

업무상 많은 잡지를 훑어보는데, 최근 잡지의 경향이 조금 바뀐 것 같습니다. 지금까지는 '이번 시즌은 이것이 유행입니다'를 나타내듯 쇼핑 정보가 많이 게재되어 있었습니다. 점찍어 둔 브랜드 제품을 손에 넣는 즐거움이나 다양한 제품들을 소개하는 데 힘을 쏟아 지면을 채웠습니다.

그런데 요즘에는 특정 브랜드나 물건을 유행에 따라 '구매하세요!' 하고 추천하는 게 아니라 '나에게 어울리는 것을 센스 있게 선택하자'는 방식을 취하고 있는 듯합니다. 그렇습니다. 좋은 감각이 새로운 기준이 되어 편집되고 있는 것입니다.

성공한 사람이나 부자처럼 보이고 싶은 마음은 파고들기 어렵지 않습니다.

하지만 자신을 드러낼 수 있는 물건을 감각 있게 선택하고 싶은 마음을 얻는 것은 쉽지 않습니다. 또한 남들과 차이를 두고 싶을 경우 예전에는 학력이나 실적으로 승부를 냈습니다. 이는 숫자로도 표시가 되니 객관적인 것처럼 보입니다.

　그러나 새로운 승부 방식이 있음을 모두가 알아차리기 시작했습니다. 좋은 감각, 이것도 하나의 승부수인 겁니다.

　앞에서 말한 대로 좋은 감각이란 결국 선택하는 힘이라고 나는 생각합니다.

　하지만 자신만을 위한 선택을 좋은 감각이라고 말하기는 어렵습니다. 어떤 것을 선택할 때 혼자만의 만족이 아니라 많은 사람에게 행복을 줄 수 있느냐 하는 부분이 가장 어렵습니다. 그런 고민이 없는 선택은 자기만족으로 끝날 수밖에 없습니다.

평소에 멋지고 아름다운 것을
호기심의 눈으로 찾아내고
자주 접하며 따라 해보는 것,
좋은 감각을 기르는 방법은 이뿐입니다.

잘 읽고 잘 듣고 잘 본다고 해도 모르는 것은 많습니다. 대부분의 경우 살짝 본 정도는 모른다고 여기는 편이 좋습니다.

그러나 꼼꼼히 보고 읽으면 한 가지 정도는 분명히 알게 됩니다.

이 '한 가지'를 실마리로 삼아 알게 될 때까지 그것을 마주하는 자세가 중요합니다. 모른다고 포기하지 않습니다. 포기하고 놓아버리면 또다시 새로운 출발 지점을 찾아야 합니다. 애써 여기까지 쌓아 올라왔으니 다음을 찾아내야지, 이런 마음으로 무언가를 알게 될 때까지는 절대로 포기하지 않는 겁니다.

몇 번을 읽다 보면 관심 가는 부분이나 자신의 마음이 움직이는 부분을 한 군데 정도는 발견하게 됩니다. 단 한 문장이라도, 한 구절이라도 감동할 수 있는, 혹은 감동까지는 아니더라도 순간적으로 깨달음을 주는 글귀가 있기 마련입니다.

음악이건 영화건 예술이건 그 지점이 분명 있습니다, 그 지점을 발견하면 따라 하면 됩니다. 자신의 일과 생활 속 어딘가에서 따라 해보는 겁니다.

평소에 멋지고 아름다운 것을 호기심의 눈으로 찾아 내고 자주 접하며 따라 해보는 것, 좋은 감각을 기르는 방법은 이뿐입니다.

포인트는 이 방법을 죽어서도 잊지 않을 만큼 머리에 확실하게 새겨두는 겁니다. 노트에 필기를 하건 뭘 하건, 어쨌거나 머릿속에 제대로 바느질해두겠다는 정도의 마음가짐, 이것만큼은 절대로 잊어서는 안 된다는 각오 로 말이지요.

이 말, 이 분위기, 이 색상, 이런 것들은 자신이 필사적 으로 찾아낸 겁니다. 이것이야말로 모래사장 속에서 단 하나를 발견하는 감각으로 찾았기 때문에 그렇게 찾아 낸 것은 의외로 못 잊습니다.

그러나 '절대 잊을 리 없다'며 명심하고 아무리 소중

하게 여겨도 잊어버리는 일은 생깁니다. 그러니 적어두
거나 외우는 등 다양한 방법을 이용해 확실하게 기억해
두세요. 당신이 스스로 찾아낸 소중한 보물이니까요.

때로는 어떤 발견으로 인해

지금까지의 자신을 전부 부정하고

새로운 자신으로 바꿔야 할 때도 있습니다.

놀라운 발견을 하게 되면 따라 해보는 방법으로 좋은 감각을 단련할 수 있다고 이야기했습니다만, 어제까지의 자신을 전부 부정하고 오늘 새롭게 모든 것을 바꿔야 하는 때도 있습니다.

조금씩 바뀌나가는 것이 아니라 단숨에 싹 바꾸는 것이지요.

그동안 깨닫지 못했던 것을 발견한 후 '한 번도 도전해본 적 없지만 해보고 싶다'고 마음먹었을 때 지금까지의 자신을 없애지 않으면 그것이 불가능할 때가 있습니다.

패션을 예로 들어 생각해봅시다. 그동안 몰랐던 흰 셔츠의 근사함을 발견했다고 합시다. 그러나 지금껏 흰 셔츠를 입어본 적이 없어서 한 벌도 가지고 있지 않은 데다 그런 취향도 아닙니다.

하지만 '그래도 입어보고 싶다'는 생각이 든다면 망설이지 말고 흰 셔츠를 입어보세요.

어느 날 갑자기 흰 셔츠차림으로 회사에 출근한다면

주변 사람들이 '어머?' 하고 놀라겠지요. '이미지 변신인가?', 그중에는 "갑자기 왜?"라고 묻는 사람도 있겠지만 그런 반응은 상관하지 마세요. 주변에서 뭐라고 하건 그때는 자신을 바꿔야 할 때입니다. 때로는 어떤 발견으로 인해 지금까지의 자신을 전부 부정하고 새로운 자신으로 바꿔야 할 때도 있다고 생각합니다.

원래 누구나 내면 깊은 곳에서는 자신을 바꾸지 않고 그대로 두고 싶어 합니다. 지금까지의 자신은 좀처럼 부정할 수 없는 존재여서 삶의 방식이나 사고방식을 180도 바꾸기란 상당히 어렵습니다. 그리고 보통 주변에서는 "어제까지 그렇게 말했으면서 오늘 갑자기 왜 그래?" 하며 비판이 담긴 목소리를 냅니다.

하지만 그에 대해 "그렇게 하고 싶었으니까." 이상의 설득력을 지닌 대답은 할 수 없습니다.

어느 순간 '대체 나는 왜 이렇게 살아왔는가!' 싶어 자신의 전부를 싹 바꾸는 때가 있습니다. 주변 사람들에게 이상해졌다는 이야기를 들을 수도 있습니다.

　이때의 태도가 중요합니다. 그 순간이야말로 자신의 감각을 믿고 새로운 것에 도전해야 할 때입니다.

진심으로 무언가를 바꾸고 싶다면,

때로는 칠흑 같은 어둠 속

발밑이 안 보이는 곳에서도

점프할 수 있는 용기가 필요합니다.

무슨 일이 있어도 어딘가에 소속되어 있어야 한다, 손을 뻗으면 누군가가 닿는 위치에 있어야 한다는 생각을 하고 있으면 아무리 시간이 흘러도 감각이 좋은 사람이 되기 힘듭니다.

진심으로 무언가를 바꾸고 싶다면, 때로는 칠흑 같은 어둠 속 발밑이 안 보이는 곳에서도 점프할 수 있는 용기가 필요합니다. 1미터 정도의 발이 충분히 닿을 만한 곳에서는 점프해봤자 소용없습니다. 어떻게 될지 모르는 곳에서 용감하게 점프할 수 있는 용기가 없으면 아무것도 바꿀 수 없습니다.

나는 스스로를 막다른 곳까지 몰아넣거나 상처 입히는 성격은 아닙니다. 하지만 이때다 싶을 때는 아무리 높은 곳이라 해도 뛰어들 수 있는 용기를 가진 사람이 되고 싶습니다. 누구에게나 기회는 평등합니다. 다만 '지금이 기회'임을 깨닫고 자신의 것으로 만들 수 있는 것은 그 순간의 용기에 달려 있습니다.

예를 들어 평소 늘 동경해온 사람이 내 앞으로 걸어오고 있다고 해봅시다. 모처럼 말을 걸 수 있는 절호의 기회가 온 겁니다. 그리고 어쩌면 아는 사이가 될 수 있을지도 모릅니다.

'아 역시 무리야' 하면서 그 사람이 지나쳐가는 모습을 바라만 보다 고개를 돌릴지 다가가 과감히 말을 걸지, 선택은 용기와 각오에 달려 있습니다. 그 선택으로 앞으로 자신의 무언가가 달라지거나 결정될지도 모르는 일입니다.

기회는 모든 사람에게 24시간, 매일 평등하게 찾아옵니다. 그때 자신이 뛰어내릴 수 있느냐 없느냐의 선택은 실제로 인생에 크게 영향을 미칩니다. 이때 중요한 건 나 자신을 믿고 선택할 수 있는 용기뿐입니다.

실패해서 분한 마음을
'이번에야말로'라며
결의를 다지는 마음으로
연결하는 태도가 중요합니다.

과거를 돌아봤을 때 항상 기회를 붙잡았나 하면 대답은 '아니오'입니다. 붙잡지 못한 경우도 꽤 많았습니다.

그러나 결국 붙잡지 못한 기회였음을 깨달으면 다음에는 꼭 붙잡아야지, 하고 마음먹었습니다.

무엇이든 처음부터 잘하는 사람은 별로 없습니다. 대부분의 사람이 기회를 놓치고 나서야 후회를 합니다. '그때 이렇게 했으면 좋았을 걸' 하면서 말이죠. 그러나 그 괴로운 기억은 쓴맛으로만 남지 않습니다. 다음에 자신의 눈앞에 다시 기회가 찾아오면 제대로 붙잡겠다는 각오를 하게 만듭니다.

그래서 실패해서 분한 마음을 '이번에야말로'라며 결의를 다지는 마음으로 연결하는 태도가 중요합니다. 여러 번 실패해도 괜찮습니다. 포기하지 않고 다음에는 꼭 잘해보겠다는 의지를 가지느냐가 중요합니다.

인간관계나 일의 진행 방식 등등. 살아가면서 우리는

수많은 크고 작은 실패를 합니다. 실패한 이후 자신이 이제 됐어, 하고 포기해버리느냐 포기하지 않느냐는 큰 차이를 만들어냅니다.

용기를 가지고 항상 호기심을 유지할 것, 어떤 순간에도 호기심을 버리지 않고 자신이 무엇을 배워야 하는지를 찾아낼 수 있는 사람이 되어야 합니다.

직접 느끼고 배운 것이야말로
진짜 자신의 감각입니다.
남에게 들은 이야기나 읽고 알게 된 것을
자신의 감각이라고 생각하면
큰 오산입니다.

무언가를 배울 때 돈을 들이지 않는 방법을 찾을 수도 있고 반대로 돈을 들여 배우는 방법도 있습니다. 어느 쪽이 좋을까요? 어디까지나 개인적인 의견이지만, 무언가를 배우고 싶다면 과감하게 나의 시간과 비용을 투자해보는 경험도 필요합니다.

예를 들어 어학을 배우고 싶다고 해봅시다. 확실한 소통을 할 수 있을 만큼 말이지요. 자연스러운 자리에서 외국인과 대화를 나누는 등의 시도해보는 것 또한 물론 좋습니다.

하지만 학원에 수강료를 내고 본격적으로 배우는 방법을 택할 수도 있습니다. 자신이 할 수 있는 범위에서 돈을 지불하고 무언가를 시작하면 마음가짐이 달라집니다. 나의 시간과 비용을 들이고 있으니까 진지하게 임해야겠다는 마음이 들기 때문입니다.

좋은 감각도 마찬가지입니다. 감각을 단련하고 싶은 마음은 무언가를 배우고 싶은 마음과 같습니다.

경험에 돈을 써야 합니다. 직접 느끼고 배우는 것이야 말로 진짜 자신의 감각입니다. 남에게 들은 이야기나 읽고 알게 된 것을 자신의 감각이라고 생각하면 큰 오산입니다. 수많은 정보들 중 직접 경험하지 않고는 진짜 자신에게 맞는 것을 찾기란 쉽지 않습니다.

자신이 가능한 범위 안에서 새로운 것들에 투자하고 느껴보기를 바랍니다. 익숙한 생활 반경에서 자신이 알고 있는 것만 경험해서는 좋은 감각을 기를 수 없습니다.

별 것 아니어도
타인이 기뻐할 만한 일을
해줘야겠다는 생각을 합니다.

사소한 것이라도 자신이 타인으로 인해 기뻤던 일, 위로가 되었던 말은 적극적으로 해주세요.

나 역시 별 것 아니어도 타인이 기뻐할 만한 일을 해줘야겠다는 생각을 합니다. 이를 실현하는 일은 좀처럼 쉽지 않지만 언젠가는 나도 할 수 있게 되리라는 마음으로 주의를 기울이고 있습니다.

오늘의 내가 타인으로 인해 기뻤던 일이 무엇일까를 생각해보면, 어제의 나를 기쁘게 해준 일과는 다릅니다. 매일의 다른 나로 살아간다는 사실은 나다운 일상을 보내기 위한 동기가 되어줍니다. 그것은 타인도 마찬가지입니다.

누군가를 기쁘게 해주고 싶은 마음이 든다면, 그 사람이 '오늘' 원하는 것을 적극적으로 해주세요. 만약 기쁘게 해주지 못했다면 '아, 별로 기쁘게 해주지 못했네. 분명 다른 게 있을 거야'라는 생각으로 호기심을 다른 곳으로 돌려 기쁘게 해줄 만한 것을 찾아봅시다.

이는 어떤 인생을 보내느냐와도 닮아 있습니다. 매일 매일 이 과정의 반복입니다. 호기심을 가지고 매일의 다른 기쁨을 찾아내는 인생과 매일의 비슷한 일상에 만족하는 인생은 분명 차이가 있습니다.

꽤나 번거로운 일이지만 산다는 것은 원래 그런 법입니다. 잘 살기 위한 매뉴얼 같은 건 있을 리가 없으니까요.

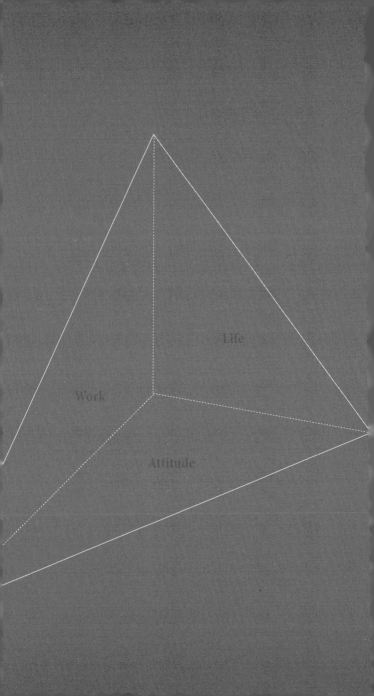

나만의 감각을
기르는 중입니다

좋은 감각은 삶의 모든 것입니다.

자신의 생활을 포함한

모든 것에 좋은 감각은 필요합니다.

좋은 감각은 삶의 모든 것입니다.

세련된 외모나 옷차림은 일부에 불과합니다. 인간관계나 말하는 방식, 시간의 사용 방식 등 자신의 생활을 포함한 삶의 전반에 좋은 감각은 필요합니다.

좋은 감각이란 균형 감각이라고 생각합니다. 말하자면 매일 움직이면서 모양을 바꾸고 있는 듯한 느낌이지요. 절대로 멈추지 않는다고 해야 할까, 아니면 항상 성장하고 있달까요? 변화하는 자신의 모습이 중요합니다.

이를테면 기억처럼, 자신의 서랍 속에 넣어 가질 수 있는 것은 아주 적다고 생각합니다. 그렇게 열중해서 공부하고 모았는데 기억하고 있는 것은 아주 조금밖에 안되는 경우가 있습니다. 그때 좋다고 생각했던 것이 지금은 전혀 매력 없는 것이 되어버린 일도 많습니다. 그래도 괜찮습니다.

가졌다가 버리고 기억했다가 잊어버리기를 반복해온

지금, 유일하게 말할 수 있는 것은 변화를 멈추지 않는 자세가 중요하다는 겁니다. 늘 새로운 자신을 받아들이는 것이지요.

두 걸음 전진하고 한 걸음 후퇴해도 괜찮습니다. 멀리 걸어나가지는 못하더라도 전진하고 있다면 그걸로 된 겁니다. 인생은 그렇게 호락호락하지 않으니까요.

'어른이니까' 하며
자신을 억눌러버리면
마음속에는 아무것도 남지 않게 됩니다.

　한 번 더 만나 이야기를 듣고 싶게 만드는 사람인지, 헤어진 순간 잊히는 사람인지는 말로 표현할 수 없는 영역의 일이라 생각합니다. 얼마나 상대를 진심으로 마주했고 깊은 관계를 맺었는지, 혹은 함께 시간을 보내며 감동했는가 하는 종류의 일이기 때문이지요.

　그래서 만일 자신이 상대에게 그런 사람이 되고 싶다면 상대에게 자신이 먼저 마음을 열어야 합니다. 마음을 열겠다는 작은 노력만으로도 사람은 변할 수 있습니다.

　'이런 일로 울면 창피하다'나 '이런 일로 웃으면 부끄럽다'고 생각해 억지로 자신을 억눌러버리는 일이 흔합니다. 타인이 어떻게 생각할지 신경 쓰이겠지만 사람들은 의외로 타인을 쳐다보지도, 신경 쓰지도 않습니다.

　그러니 관대한 자세로 마음을 열고 다양한 것을 보고 느끼면 된다고 생각합니다.

　내 안에 남아 있는 아이 같은 부분을 잃어버리지 않도록 종종 떠올려보면 좋지 않을까요? 어린 시절에 "와~"

하고 소리칠 만큼 깜짝 놀란 일, 격하게 가슴 떨린 경험들은 분명 마음속에 남아 있습니다. 그리고 그런 기억들은 정말로 소중합니다.

그런 추억들을 잊어버린 채 '어른이니까' 하며 소위 쿨하게 자신을 억눌러버리면 마음속에는 아무것도 남지 않게 됩니다.

공적인 장소에서
자신이 어떻게 있어야 좋은지를
생각하는 일은 매우 중요합니다.

가령 '어제 옷 입는 센스가 좋은 사람을 만났다'고 할 경우, 그 사람이 실제로는 어떤 옷을 입고 있었는지가 떠오르지 않는 사람이야말로 센스가 좋은 사람이라고 생각합니다.

어떤 옷을 입고 있었는지 떠오르지 않지만 그 사람은 센스가 참 좋은 사람이었다고 기억할 정도로 그 자리에 자연스럽게 어우러졌다는 것이니까요. 자신에게 주어진 공간 이상의 것을 넘어서지 않고 좋은 인상을 남기기란 매우 어려운 일입니다.

공적인 장소에서 자신이 어떻게 있어야 좋은지를 생각하는 일은 매우 중요합니다.

이는 입고 있는 옷에만 국한된 건 아닙니다. 행동이나 말할 때의 목소리 톤, 분위기는 물론 향기에도 신경을 써야 할 부분이겠지요. 향수는 때와 장소에 따라서 아주 매력적인 아이템이지만 특히 레스토랑 같은 장소에서의 지나친 사용은 글쎄 어떨까요. 자신은 익숙해서 알아차리지 못하겠지만 옆 사람에게는 민폐인 경우가 있으니까요.

나이를 먹을수록 '사회 속의 나'라는 감각이 약해지는 모양인지 '내가 좋으면 그만'이라는 느낌을 풍기는 사람들이 많습니다. 내 향이 어떻건, 내 목소리가 어떻건 상관없다, 혹은 타인들이 어떻게 여기는지 알아차리지 못하는 사람이 되기 쉽습니다.

언제 어떤 때라도 자신은 '사회의 일원'이라는 사실을 늘 염두에 두어야 합니다.

진부한 말이기는 하나 그 말을 명심하고 있으면 세상을 보는 눈이 달라집니다. 예를 들어 레스토랑에 갈 때도 내가 이 가게 직원이라면 어떻게 할까를 늘 생각합니다. 그리고 나는 가게 직원 입장에서 싫다고 여겨질 만한 행동은 하지 않습니다.

어떻게 사회와 연결될까, 이것이 일과 생활의 궁극적

인 목적이라 생각합니다. 우리의 삶은 제각각이지만 어떤 형태든 누군가와 연결되고 싶다는 생각은 지극히 자연스러운 일이지요. 이를 위해 가능한 노력과 배려를 하며 호기심과 상상력을 펼쳤으면 합니다.

내가 중요하게 여기는 한 가지는
"안녕하세요."라는 인사에
반드시 상대의 이름을 붙이는 겁니다.

　타인에게 좋은 인상을 주고 싶은 것은 누구나 마찬가지일 겁니다. 별것 아닌 것 같지만 센스 있는 인사는 좋은 인상을 주는 데 큰 도움을 줍니다.

　언제 어디에서건 기운차게 "안녕하세요."만 잘 한다고 되는 게 아닙니다. 예를 들어 전철 안, 북적이는 인파 속, 길을 걷고 있을 때, 레스토랑이나 가게에서 만났을 때, 각각의 상황에 따라 인사 방식을 다르게 하는 것이 맞겠지요.

　센스가 좋은 사람은 상대방을 기쁘게 만들 만한 방식이 무엇인지를 생각하며 인사를 합니다. "안녕" 한마디만으로도 상대가 선물을 받은 것처럼 기분 좋아지는 인사. 생색내는 일 없이 건네는 인사는 좋은 센스와 연결됩니다.

　당신 주변에 상대방을 기분 좋게 하는 인사를 하는 사람이 있나요? 그런 사람을 발견했다면 그 사람을 본보기로 삼아 멋있다고 느낀 부분을 기억해두었다가 그대로 따라 해보세요.

내가 중요하게 여기는 한 가지는 "안녕하세요."라는 인사에 반드시 상대방의 이름을 붙이는 겁니다. "안녕하세요, 마쓰우라 씨."나 "마쓰우라 씨, 안녕하세요."처럼 말이지요. 잘 아는 사람과 주고받는 인사에도 이름을 붙이면 매우 기쁘기 마련입니다. 특히 친한 사이라면 자신의 존재를 소중히 여겨준다는 기분이 듭니다. 특별히 친한 관계가 아니어도 자신을 기억해준다는 사실이 기쁘지 않을 리가 없겠지요.

그래서 나는 회사에 입사한 지 얼마 안 된 신입 직원에게도 "좋은 아침이에요 ○○ 씨." 하고 인사를 건네고 있습니다. 그 직원은 분명 자신의 존재를 인정받고 있다고 느끼겠지요.

만일 인사가 "어이"나 누구에게나 하는 "안녕"뿐이라면 자신을 수많은 사람 중의 한 명에 불과한 작은 존재로 인식하게 되어 열심히 하고 싶은 의욕도 사라지지 않을까요?

　인사의 앞이나 뒤에 이름 붙이기는 간단하게 할 수 있는 기분 좋은 인사 방식입니다.

상대를 배려하며
말할 수 있게 된 것은
존댓말 덕분이라고 생각합니다.

회사에서는 존댓말로 대화를 하고 이름 뒤에는 반드시 '씨'를 붙입니다.

무언가에 열중하다 보면, 너무 진지해져서 감정적으로 격해지는 경우가 있지요. 그럴 때는 자신도 모르게 말이 사나워지기 쉬운데 되도록 존댓말을 사용하려고 합니다.

난폭한 말로 고압적인 말투를 내뱉게 되면 상대가 위축되어서 하고 싶은 말을 하지 못하게 됩니다. 존댓말로 해도 요점을 정확하게 전달할 수 있으며 허락하지 않는 것은 허락하지 않는다고 단호하게 말할 수 있습니다. 이에 대해 "나라면 다른 방법을 택할 것 같다."고 말하는 사람도 있습니다.

말은 칼과 같아서 정말로 사람을 상처 입히는 경우가 있기에 어지간한 일이 아닌 한 난폭한 말투는 사용하지 않으려 애씁니다.

그때그때 상황에 따라 다르나, 상대를 주의시키고 싶

을 때도 "이런 방법은 관둡시다."나 "다음부터 주의합시다." 와 같은 말투로 무조건 일방적으로 꾸짖지 않으려 합니다.

실패나 실수는 누구에게나 있는 일이어서 그것을 일방적으로 비난하거나 질책하면 그 말을 들은 상대뿐 아니라 말한 자신도 불쾌해집니다. 일의 옳고 그름을 따지는 것도 중요하지만 서로의 기분이 좋아지는 말투를 찾아야겠지요.

업무상 누군가에게 주의를 주어야 하는 경우에는 먼저 상대의 이러한 부분을 높이 평가하고 있다는 이야기를 한 뒤에 "그런데 오늘 이 부분은 바람직하지 않았던 것 같아요."나 "두 번 다시 있어서는 안 되는 일입니다." 라고 말합니다. 그러지 않으면 상대의 마음에 와닿지 않을 테니까요.

편집자이다 보니 늘 어떻게 해야 잘 전달될까를 생각하는 일이 습관이 되었습니다. 업무상 함께 어울리는 상대뿐 아니라 회사 부하에게도 마찬가지로, 하고 싶은 말을 어떻게 해야 충분히 전달될지를 생각합니다.

　지금 이 말을 해봤자 전달이 안 되겠다 싶은 경우에는 꼭 해야 하는 말도 말하지 않고 끝내는 일도 있습니다. 시간을 두고 다른 기회에 말할 때도 있고요. 타인을 향한 주의는 분풀이를 위한 것이 아니니까요. 이처럼 상대를 배려하며 말할 수 있게 된 것은 존댓말 덕분이라고 생각합니다.

새로운 옷을 구입할 시간에
단정하고 청결하게 단장하는 것에
신경 쓰는 편이 좋습니다.

눈에 보이는 곳보다 눈에 보이지 않는 곳을 깨끗하게 해야 합니다. 눈에 보이는 곳은 조금만 신경 쓰면 깨끗해 보입니다. 그러나 이는 특별할 것 없는 보통입니다.

발바닥이나 손톱 사이 등 잘 보이지 않는 곳이 깨끗한 사람이 되려고 노력합니다. 아무도 눈치채지 못하고 아무도 지적하지 않는 부분을 청결하게 유지하는 것이 내가 생각하는 예의입니다.

눈에 보이지 않는 부분의 정돈은 이뿐만이 아닙니다. 이를테면 업무 공간의 책상 서랍 속 혹은 마음속까지. 몸과 마음 그리고 생활 공간이 깨끗하게 정리되어 있어야 언제 어디서든 나다움을 보여줄 수 있습니다.

만일 당신이 옷차림에 자신이 없다면, 새로운 옷을 구입할 시간에 자신을 단정하고 청결하게 단장하는 것에 신경 쓰는 편이 좋습니다. 감각이 좋다는 것은 멋쟁이가 된다는 말이 아닙니다. 마침 우연히 옆에 앉은 사람이건 회사 동료건 상관없이 누군가에게 좋은 인상을 줄 수 있는 것. 많은 사람이 좋은 인상을 품을 만한 사람이야말로 센스 좋은 사람이라 할 수 있겠지요.

　능숙한 스타일링이 좋은 센스로 연관되는 경우도 있으나 근본적인 조건은 아닙니다. 그러니 센스 좋은 사람이 되고 싶다면 멋쟁이가 되려 하지 말고 좋은 인상을 얻기 위해 청결한 사람이 되어야 한다고 할 수 있겠지요. 좋은 센스를 단련하기 위해 가장 먼저 해야 할 일은 옷을 사러 가는 일이 아니라는 말입니다.

　외출할 때의 멋이란, 얼마 전까지는 예쁜 원피스를 입거나 모자를 쓰는 것이라 여겼습니다. 하지만 이제는 여름하면 청결한 맨살이 멋이라 생각합니다. 그럼 겨울의 멋은 무엇이냐고요? 고급 코트와 캐시미어 머플러가 아니라 추워도 허리를 펴고 씩씩하게 걸어가는 당당함이겠지요.

가격 확인이 그 물건과의
첫 대면이 되는 건
잘못되었다고 생각합니다.

나의 행동이나 말투의 밑바탕에는 '내가 당한 싫은 일이나 슬픈 일은 타인에게 하지 않는다'가 있습니다. 가게에서 쇼핑을 할 때 안 하려고 노력하는 일이 있는데, 아주 단순한 겁니다.

한 가게에서 물건을 보며 돌아다니다가 예를 들어 거기에 있던 셔츠가 눈에 들어왔다고 해봅시다. 그때 나는 절대로 가격을 보지 않습니다. 내가 당한 싫은 일이기 때문입니다.

곧바로 가격을 확인하며 '흠' 하고 사물을 판단하게 되는 게 참으로 싫습니다. 요즘 속임수로 가격을 책정하는 가게는 없습니다. 비싸면 비싼 이유가, 싸면 싼 이유가 분명 있기 마련이지요. 그래서 '이건 굉장하다', '이거 괜찮네' 싶으면 가격으로 판단하기 이전에 먼저 자신의 느낌을 물건을 볼 때의 시작점으로 삼았으면 합니다. 정말 좋은 물건일지도 모르지만 가격이 비싸 살 수 없겠다는 최종적 결정을 내리는 경우도 있으나 가격 확인이 그 물건과의 첫 대면이 되는 건 잘못되었다고 생각합니다.

가격표에 표시되어 있는 숫자로 물건을 판단하는 사람은 처음 만나는 사람을 대할 때도 마찬가지로 대하겠지요. 따라서 표시되어 있는 숫자만 보고 사물을 거부하는 것은 그 이후에 일어날 멋진 일을 눈 뜨고 놓치는 것과 같습니다.

쇼핑을 하다가 괜찮은 셔츠를 발견하면 먼저 왜 마음에 들었는지, 어떤 부분이 괜찮은지와 같은 점들을 보는 게 좋겠지요. 그리고 가게 직원에게 "이 옷 얼마입니까?"를 물어보세요. 여기까지 하면 15만 엔이라는 소리에도 '아, 역시 그렇구나. 이렇게 근사하니까' 하고 생각할 수 있으며, '언젠가 나도 살 수 있도록 열심히 살자'나 '저축해서 사야지' 하는 마음이 생깁니다.

가장 먼저 가격을 보는 행위는 앞으로 느끼게 될 감동을 놓아버리는 것과 다름없습니다. 주머니에 손을 찔러

넣은 채 "이 옷 얼마?" 하고 말하는 사람은 분명 악의야

없겠지만 내 가게에도 저런 손님 때문에 슬펐던 기억이

있어서 나까지 그렇게 하고 싶지 않습니다.

좋지도 나쁘지도 않은 인상은
다시 한번
생각해볼 필요가 있습니다.

상대에게 좋은 인상으로 기억되기 위해서는 당연히 나쁜 인상을 주지 않아야 합니다. 하지만 좋지도 나쁘지도 않은 인상은 다시 한번 생각해볼 필요가 있습니다.

언제나 나는 선택하기 이전에 선택받는 입장이라는 사실을 의식하고 있습니다. '나는 이 사람과 친구가 되고 싶다'가 아니라 사람 많은 곳에서 타인이 '이 사람과 친구가 되고 싶다'는 마음을 먹게 만드는 사람이고 싶다는 겁니다. 나는 선택하는 입장이 아니라 사실은 늘 타인에게 선택받는 입장이었던 것이지요.

이를 위해서는 적어도 좋은 인상을 주는 사람이 되도록 노력해야 한다고 생각합니다. 좋은 인상이 아닌 좋지도 나쁘지도 않는 중간 정도의 인상이라면 결국에는 선택받지 못하기 때문이지요.

일에서건 인간관계에서건 나는 늘 남에게 선택받고 있음을 잊지 말아야 합니다.

내가 처음 유치원에 갔을 때의 일이 기억납니다. 서로 모르는 아이들이 한 방에 모여 있었지요. 두세 살의 어린아이라도 집단 속에 혼자 던져지면 '누구와 함께 있어야 좋을까' 하고 생각하기 마련입니다. 나도 본능적으로 '누구와 이야기를 나눌까', '누구 옆으로 갈까' 하면서 주변을 살폈습니다.

결국 사람은 무언가를 느끼면서 사람을 선택합니다. 누군가를 선택한다는 것은 바꿔 말하면 자신이 선택받는 입장이 된다는 의미이기도 합니다.

이 사실은 그 이후의 인생 속에서도 반복되며 비슷한 경험으로 나타났는데, 이를테면 아는 사람이 아무도 없는 파티에 참석하게 되었을 때 '누구에게 말을 걸어볼까' 하면서 주위를 둘러보다가 혼자 온 사람 중에 대화를 하면 재밌을 듯한 사람을 찾아내어 다가가는 겁니다. 자신이 선택받지 못하면 응해주지 못하니 이 또한 비슷한 경우지요.

일에서도 마찬가지입니다. 사람은 기계가 아니다 보니 갖추어진 많은 데이터에도 불구하고 최후에는 직감 같은 감각으로 판단하게 됩니다.

그렇게 되면 선택받는 사람과 선택받지 못한 사람의 차이는 더욱 커지겠지요. 나도 성의를 다해 선택하고 있습니다만, 그래도 결정의 순간에는 직감에 의지하곤 합니다.

세상에는 이와 비슷한 일이 많습니다. 그런 상황에서 선택받는 사람이 자신이기를 바라지만, 혹여 선택받지 못했다 하더라도 조금만 노력하면 선택받는 사람으로 상황을 바꿀 수 있습니다.

모두가 좋다고 하거나
누군가가 추천해준 것은
시간이 허락하는 한
경험해봐야 합니다.

나는 남이 열심히 권하는 것은, 설령 그 사람이 내 취향과 다른 취향의 소유자라 해도 가능한 한 시도하고 있습니다.

때로는 실패하지만 그것대로 괜찮습니다. 다른 사람이 "이거, 괜찮아.", "이거 진짜 재밌는 책이야.", "이거 굉장히 맛있어."라고 하는 것은 무조건 경험해봅니다.

그런 의미에서 늘 굉장하다고 여기는 분이 있습니다. 유명한 요리연구가인 H선생님입니다.

H선생님 댁에 일 때문에 방문했을 때 "카레는 최근 어디가 맛있나요?", "라면 가게는 어디가 맛있나요?"라는 질문을 받았습니다. 인사치레로 하는 말이라고 생각해 "카레 가게라면 거기를 자주 갑니다."나 "라면 가게는 이곳이 맛있더군요." 하고 대답했습니다. 내가 말한 가게는 나야 자주 찾는 가게지만 절대로 H선생님이 갈 만한 가게는 아니었습니다.

그런데 다음에 만났을 때 선생님은 정말로 내가 추천

한 가게에 다녀왔더군요. 타인의 추천을 편견 없이 받아들이고 새로운 시도를 하는 H선생님의 태도에 진심으로 감동받았습니다.

"어떻던가요?" 하고 물으니 "음, 살짝 부족하더군요." 하며 웃으셨습니다. "저는 아주 좋아해서 몇 번이고 갑니다." 하자 "내 입에는 안 맞았어요."라는 솔직한 대답이 돌아왔습니다.

H선생님은 애서가로 많은 책을 읽는다고 합니다. 어느 날 "선생님은 어떤 책을 읽으시나요?" 물으니 베스트셀러는 전부 읽는다고 하더군요.

좋다고 하는 것은 편견 없이 반드시 시도해보는 H선생님의 그런 부분이 멋있습니다. 모두가 좋다고 하거나 누군가가 추천해준 것은 시간이 허락하는 한 경험해봐야 합니다. 그것을 하고 안 하고의 차이는 실로 어마어마합니다.

체험의 실패와 성공, 좋고 나쁨은 별로 관계없습니다.

어느 쪽이건 거기에서 배움을 얻으니까요. 경험은 정보를 늘려나가는 것이어서 그렇게 반복하다 보면 자신만의 감각이 쌓입니다.

게다가 이렇게 남이 추천해준 것을 실제로 시도하면, 다음에 H선생님은 다른 사람과도 "이 라면 가게 간 적이 있어요."로 대화가 가능하겠지요.

진정한 소통을 하고 싶다면 "~한 것 같아요."가 아니라 "거기 가봤어요. 나 줄까지 서가며 들어갔어요."라고 했으면 합니다. "그 더위 속에서 줄을 섰는데 결국 남겼네요."도 괜찮습니다. 이런 식으로 이야기를 나누는 것이 진정한 소통이며, 실제 경험했기 때문에 이야기할 수 있는 겁니다. "~한 것 같아요."나 "다른 사람이 말하기로는……"으로는 소통이 안 됩니다. 감각이 좋은 사람은 소통이 가능한 사람입니다.

그래서 나도 젊은 사람이나 친구가 추천해준 책, "여기 좋아."라고 말해준 곳은 챙겨서 읽어보고 직접 그곳

에 가보기도 합니다. 자신에게 딱 맞을지 어떨지, 확률은
높지 않지만 그래도 괜찮습니다.

자신이 가지고 있는 지식만으로 무언가를 선택하면
손해를 보는 일이 생깁니다. 해보지도 않고 무작정 싫어
하는 것은 정말로 좋지 않은 태도라고 생각합니다.

자신이 잘 알지 못하는

낯선 장소에 가고

낯선 것을 보면 어떨까요?

당연한 말이지만 흥미 없고 취향에 맞지 않는 것은 세상에 널렸습니다.

중요한 것은 그런 것들을 대하는 태도입니다. 흥미가 있고 좋아하는 것에 대해서는 당연히 호기심 가득한 웃는 얼굴이 되지요. 그건 노력하지 않아도 가능합니다. 하지만 그 이외의 것들을 모조리 거부하며 살아갈 수는 없습니다.

흥미가 없고 좋아하지 않는 것에 대해서도, 적극적으로 대하라고 강요할 수는 없습니다. 적어도 '뭘까?' 하고 생각하는 마음이나 한 가지라도 좋은 점을 찾으려는 마음을 갖고 대했으면 합니다.

내 경험에 비추어 보면 나의 취향이 아닌 것들에서 새로운 자신을 발견한 경우가 많습니다. 자신이 알고 있는 세계란 이미 반복된 경험으로, 거기서 얻을 수 있는 깨달음도 역시 한정되어 있습니다.

하지만 자신이 잘 알지 못하는 낯선 장소에 가고 낯선 것을 보면 어떨까요? 뜻밖의 발견을 해서 '아, 이런 멋진 것이 이런 멋진 장소에 있었구나' 하고 새로운 감각을 기를 수도 있습니다.

그래서 나는 모두가 좋다고 하는 장소에는 일단 혼자 가봅니다.

이런 장소는 누군가와 함께 가면 부자연스러울 경우도 있어서 되도록이면 혼자 가고 있습니다. 이를테면 100엔 숍을 혼자 천천히 둘러보는 시간을 갖는 겁니다. 생각지 못했던 멋진 물건들을 발견하는 순간은 무척 즐겁습니다.

사람들이 자주 방문하고 모여 있는 장소에는 반드시 좋은 발견을 하기 마련입니다. 자신의 취향에 얽매이지 않고 새로운 장소를 찾아다니다 보면 '사람들은 이런 것을 추구하고 있구나', '이런 것에 돈을 쓰고 싶어 하는구나' 하는 것을 알게 됩니다.

남들 눈에 당신답지 않다는 장소가 있으면 일부러 가 보세요. 그렇게 해보는 것도 좋은 감각을 기르는 데 큰 도움이 됩니다.

직접 부딪혀서 물어보고 배우며
나에게 맞는 정보를 모으는 것은
굉장히 즐거운 일입니다.

자신이 모르는 것은 '이 사람'이라고 생각되는 사람에게 물어보기를 권합니다.

그 방법이 제일이라고 생각한 계기는 이십 대 초반에 미국에 갔을 때의 경험 때문입니다. 외국에 가보고서야 알게 되었는데, 일본에서는 당연한 정보지가 사실은 특수한 것이어서 당시의 미국에는 그런 게 없었습니다. 그래서 예를 들어 리바이스 데님을 사려면 어떻게 해야 하냐고 누군가에게 묻는 수밖에 없었습니다. 데님뿐만 아닙니다. 음식도, 가방도 "그건 어디서 샀어요?" 하고 묻지 않으면 정보 수집을 할 수 없었습니다. 결국 잘 알 만한 사람에게 직접 물어보는 것이 가장 확실하고 정확한 정보라는 사실을 깨달았습니다.

지금은 모두가 인터넷이나 모바일 메신저로 연결되어 있어 어딘가를 찾아갈 때도 구글맵부터 켭니다.

하지만 나는 구글맵으로 찾아서 가는 일은 없습니다. 모르면 물어보면 된다고 생각하기 때문이지요. "저기, 실례합니다……" 하고 말을 걸면 됩니다. 설령 거절당하더라도 다른 사람에게 또 물어보면 됩니다. 열 명에게 연속으로 거절당하는 일은 거의 없으니까요.

길 찾기뿐만이 아닙니다. 모르는 가게에 들어가 그 가게에서 가장 맛있는 음식을 물어보기도 하고 추천 음식이 무엇인지를 묻는 경우도 자주 있습니다. 나는 이런 과정을 나에게 맞는 선택을 하기 위해 필요한 태도라고 생각합니다.

만일 그 누구도 내게 아무것도 가르쳐주지 않는다면 나의 질문 방식이 나쁜 탓일지도 모릅니다. 이를 통해 나의 소통 방식을 돌아볼 계기가 될 수도 있고, 어떤 사람에게 물어야 잘 알려줄지에 대한 감도 익힐 수 있습니다.

예를 들어 패션 감각을 기르고 싶다면 무작정 패션 잡지를 사기 전에 자신의 주변인 중 옷 입는 센스가 좋은 사람에게 묻는 게 좋습니다. "그런 옷 스타일링은 어디서 배웠어요?"나 "그런 옷은 어디에서 살 수 있어요?"라고 말이지요.

한 단계 점프한다는 마음으로 직접 부딪혀서 물어보고 배우며 나에게 맞는 정보를 모으는 것은 굉장히 즐거운 일입니다.

일하기 전 1시간,
집중해서 생각하는 시간을
가지기를 권합니다.

크게 노력하지 않아도 손쉽게 얻을 수 있는 정보에 의해 우리의 생활은 갈수록 편리해지고 있습니다.

하지만 그 편리함에 넘어가 잃어버리는 능력도 많다는 사실을 잊어서는 안 됩니다. 그래서 편리한 것일수록 주의 깊게 사용하려고 합니다.

편리함에 넘어가지 않는 삶의 방식을 일부러 선택한다고 할까요. 자신을 괴롭히고 불편하게 함으로써 자신이 지닌 능력이 단련되리라 생각합니다.

때로는 실패도 하겠지요. 그러나 그 실패가 자신의 정보가 되어 좋은 감각을 길러줍니다. 편리한 쪽을 선택하면 실패도 하지 않고 곤란한 일도 없어지겠지요. 그러면 갈수록 자신이 편리한 것에 마비돼버려 결과적으로 언젠가 정말로 곤란한 때가 올 겁니다.

나는 하루 중 2시간은 생각하는 행위를 일정에 넣어두고 있습니다. 먼저 아침 1시간, 반드시 아무것도 하지 않고 아무것도 놓여 있지 않은 깨끗한 책상 위에 메모장만 올려두고서 생각합니다. 지금 내 머릿속과 가슴속에 무엇이 있는지 주의 깊게 찾는 작업을 합니다. 그 과정을 매일 아침 1시간, 그리고 오후에도 1시간. 하루 2시간씩 그런 시간을 줄곧 만들어왔습니다. 이는 꽤 어려운 습관 이지만 내게 중요한 훈련이기도 합니다.

그 시간 안에서 문득 떠오른 말이나 아이디어를 다듬 어나간다든지 해답을 찾고 싶은 문제를 깊게 생각해보 기도 합니다.

나이가 들면서 최근 2, 3년 사이 특히 오후가 되면 생 각하는 일이 어려워졌습니다. 시간을 만들어도 집중력 이 유지가 안 됩니다. 여러분에게는 아침에 제일 먼저, 일하기 전 1시간을 집중해서 생각하는 시간을 가지기를 권합니다. 아침에는 머리가 리프레시되어 있어 생각하 기에 제일 좋은 상태입니다.

생각하는 것은 괴롭고 힘든 작업이나 계속해나가면 즐거워집니다. 생각하기의 성과라고 할 수 있는 '나만의 것'을 반드시 찾을 수 있습니다. 인터넷으로 찾은 것도 아니고 신문에서 읽은 것도 아닙니다. 책에서 읽은 것도 아닙니다. 그 발견은 스스로에게 큰 자신감을 주며 다음 단계를 향한 점프대가 된다고 생각합니다.

'이렇게 해보면 어떨까'나
'역방향으로 생각해보면 어떨까' 하는
생각을 자주 합니다.

'더 좋게' 만들기 위해서는 어떻게 해야 할지를 늘 생각합니다. 사람들을 조금 더 기쁘게 하려면 어떻게 해야 좋을까, 조금 더 즐거워지기 위해서는 무엇을 해야 할까, 어딘가에 아이디어가 떨어져 있지는 않을까 하고 말이지요.

때로 어떤 감각이 머릿속에 막연하게 두둥실 떠다니고 있는 듯한 느낌을 받을 때가 있습니다. 그러다 어느 순간에 '이건가!' 하고 포착되는 순간이 있습니다. 평소 다른 무언가를 한창 하고 있는 중에 그 순간이 찾아오는 경우도 있지요.

이런 순간에 한 걸음 더 파고들어 생각하지 않으면 '더 좋게' 만들 기회는 사라지고 맙니다. 나는 '이렇게 해보면 어떨까'나 '역방향으로 생각해보면 어떨까' 하는 생각을 자주 합니다.

'밀어서 안 되면 당겨보라'는 말을 굉장히 좋아합니다. 아무리 밀어도 움직이지 않았던 것이 당겨보니 쉽게 움직이는 겁니다. 굉장히 좋은 말이라고 생각합니다. 몇 번을 밀어봐도 결과가 나오지 않는다면 단념하지 말고 역으로 당겨보세요.

돌파구가 안 보이는 상황이라면 '당기다'는 대체 무엇일까 하는 흐름으로 생각해보는 겁니다. 나는 그런 방식으로 즐기면서 생각하고 있습니다. 무엇을 하건 항상 호기심을 지니는 것은 중요합니다.

다만 모든 일이 전부 이런 식으로 해결되는 것은 아닙니다. 오히려 그런 일은 거의 없지요. 하지만 깨달음의 순간은 반드시 찾아옵니다. 그 순간에 한 걸음 더 나아가 당겨보는 것이야말로 좋은 감각을 기를 수 있는 방법이라고 생각합니다.

때로는
아름답거나 근사한 것보다
이상한 것이
사람을 매혹시킵니다.

예술가 무라카미 다카시의 미술 작품은 일본뿐만 아니라 전 세계의 미술관에서 컬렉션으로 많은 사람들에게 높은 평가를 받고 있습니다. 작품 전시에만 머무르지 않고 해외 브랜드와 합작한 가방을 발표하거나 심벌 캐릭터를 디자인하고 있어 생각지 못한 곳에서 작품을 만나는 일이 있습니다. 그의 작품은 왜 그렇게 많은 사람들을 매료시킬까요?

오해받을 각오하고 말하자면, 무라카미 다카시의 작품이 '이상'해서라고 생각합니다. 때로는 아름답거나 근사한 것보다 이상한 것이 사람을 매혹시킵니다. 분명 사람들도 이런 이상한 요소가 가득해서 무라카미 다카시의 작품을 보고 있으면 빠져들게 되는 거겠지요.

'무엇에 매력을 느끼는가?'라는 질문에 다시 한번 대답하자면 정상과 이상의 공존입니다.

정상이건 이상이건 알기 쉽게 드러나면 보통 재미가 없습니다. 역으로 무엇인지 알 수 없지만 평범하지 않고 이상한 것이 정상에 가려지지 않고 흘러넘치는 것에는 굉장한 매력을 느낍니다.

　세상에는 무엇이 정상이고 무엇이 이상인지 교묘히 감춰진 것들이 많습니다. 그것들의 베일을 가만히 벗기고서 숨겨진 민낯을 보는 일은 무척 흥미로운 일입니다. 우리는 그러한 느낌을 '새롭다'고 받아들이는 거지요.

　모두가 매혹되는, 그래서 눈을 뗄 수 없게 만드는 것은 그저 평범하게 만들어진 것이 아니라 그 이상의 무언가가 보이기 때문이라고 생각합니다. 만든 이의 인격이 엿보이는 것에 모두의 마음이 동요되는 겁니다.

　그릇이건 손수 만든 잡화건, 그것을 만든 사람의 인간성이 흘러나와 손에 쥔 사람에게 머무르는 것이 마음을 붙잡는다고 생각합니다.

　지금까지 이야기한 매력적인 요소를 한마디로 표현한다면 '이상한 것'이라고 말할 수 있지 않을까요? 모두들 '이상한 것'을 참 좋아합니다. 그렇다면 대체 왜 이상한 것에 매력을 느끼고 그것을 좋아하게 되는 걸까요?

사실은 모두 이상해서라고 생각합니다. 나도 그러합
니다. 사람은 모두 정상과 이상의 부분을 지니고 있어서
자신과 마찬가지로 이상한 것이 있으면 대다수 사람은
무의식중에 매혹되는 거라고 봅니다.

나는 멋있는 것은 곧 이상한 것이라는 확신을 가지고
있습니다. 그러나 그 이상한 것을 그대로 세상에 내놓으
면 멋이 없을 뿐더러 너무 알기 쉬워서 재미가 없습니다.
그래서 교묘하게 잘 숨기거나 살짝 드러내 보이는데 적
절하게 양념을 버무려 이상한 것이 슬쩍 보여야 사람을
매혹시킨다고 믿습니다.

감각이 좋은 것을
접하는 일은 대단히 중요합니다.
판단력이 둔해지고 흐려졌다 싶으면
나는 미술관에 갑니다.

"좋은 감각을 단련하려면 어떻게 해야 하나요?"

이 질문을 자주 받습니다. 감성이나 미의식, 다른 말로 바꾸면 '교양'을 고양시키기 위해 나는 어떻게 했는가를 생각해보다가 여러분에게 추천할 만한 방법이 떠올랐습니다.

그 한 가지가 문화재를 둘러보는 겁니다. 우선은 중요 문화재부터 시작해보면 좋겠지요. 다시 말해 이 방법은 진짜를 접하는 경험을 쌓는 겁니다.

자신이 살고 있는 지역의 중요 문화재를 보러 다니는 것은 아주 좋은 감각 단련법이라고 생각합니다. 오랜 역사를 지닌 마을에는 특히 많은 문화재가 있는데, 예를 들어 교토에는 큰 것에서부터 작은 것에 이르기까지 삼백 점 가까이 있습니다.

중요 문화재를 찾아보며 관심 가는 곳을 하나하나 둘러보는 것만으로도 감각 단련에 도움이 됩니다. 당시의 문화는 물론 아름다움을 직접 피부로 느낄 수 있으며 그

시대에 살았던 사람들의 이야기를 자연스럽게 알 수 있으니까요.

문화재를 보는 것 이외에 내가 특별히 좋아하는 장소는 미술관입니다.

내 생활 거점에서 가까운 장소에 위치한 미술관들을 자주 갑니다. 국립미술관, 사립미술관을 가리지는 않습니다만 타인의 감각을 엿보기 좋은 곳을 고르자면 사립미술관 쪽입니다. 사립미술관은 대부분의 경우 개인 재산을 쏟아부어 운영하고 있어서 개인이 지닌 감각의 모든 것을 걸고 있다고도 할 수 있습니다.

감각이 좋은 것을 접하는 일은 대단히 중요합니다. 마음을 움직이게 하는 아름다운 것은 그런 곳에 가야 배울 수 있으며 피부로 접하는 경험은 귀중합니다. 유리 너머로가 아니라 직접 하는 체험이 의외로 중요한데 그런 의미에서도 사립미술관은 모두가 배우러 갈 수 있는 장소입니다.

그리고 알게 된 사실이 또 하나. 그런 공간에는 자연스럽게 감각이 좋은 사람이 모인다는 것입니다. 평일에 미술관을 방문하기도 하는데, 역시나 자신만의 감각을 지닌 사람들을 만날 수 있습니다.

무언가 모르게 깔끔한 행동이 눈길을 멈추게 하기도 하고, 맵시 있는 옷차림을 보고 공부가 되는 경우도 자주 있습니다. 따라 해보고 싶어지는 사람이 많습니다.

그런 사람이 있으면 당장이라도 따라 해야 합니다. 그렇게 하다 보면 또 다른 발견을 하니까요. 좋은 감각의 단련은 이 과정의 반복입니다.

'따라 하다'는 '배우다'에서 왔다고도 말합니다. 따라 하는 것을 부끄럽게 여기지 말고 오히려 배운다고 생각하며 자꾸 따라 해보세요.

역사는 책을 읽는 것만으로는 잘 알 수 없습니다. 과거의 시대 속에서 감각이 좋았던 것은 무엇이었을까를 생각하면서 미술품을 수집하던 사람의 인생이나 그 사람의 안목을 좇아가면 상당한 공부가 됩니다.

이는 작품 감상에만 한정되지 않습니다. 인테리어에도 참고할 수 있습니다.

미술관의 건물도 정원도, 그야말로 창의 프레임, 작품을 놓아두는 방식까지도 공부가 됩니다. 그중 어느 하나라도 자신의 눈으로 발견해 생활 속에서 따라 할 수 있으면 됩니다. 좋은 감각을 단련한다는 건 이런 겁니다.

그래서 판단력이 둔해지고 흐려졌다 싶으면 나는 미술관에 갑니다. 그때그때 감각을 단련해두지 않으면 점점 둔해집니다. 그러니 미술관 방문을 생활의 일부로 생각하면 좋겠지요.

내 경우 이처럼 마음에 드는 미술관 리스트를 네다섯 군데 갖고 있습니다. 이런 곳들이 이른바 일종의 피난처이자 마음의 보물인 셈입니다.

'이 사람은 좋은 감각을 가지고 있구나'
싶으면 이 사람이 무엇을 보고 있었는지,
무엇을 읽고 있었는지,
무엇을 듣고 있었는지를
자세히 알아봅니다.

딱히 몰라도 인생을 살아가는 데 지장은 없지만 그래도 역시 알아둬야 할 게 있습니다. 읽어야 할 책이나 들어야 할 음악, 봐야 할 예술, 가야 할 장소 말이지요.

다만 그것을 '나는 됐어'의 태도로 알려는 노력 없이 인생을 끝낼지, 살아가는 동안 하나라도 많이 배워나가려고 생각할지의 차이는 크다고 생각합니다. 실제로 모르는 것을 모르는 채로 놔두는 사람은 많습니다.

그중에서도 음악이나 책은 너무 방대하기도 하고, 꼭 알아야 할 것의 기준을 정하기도 어렵습니다. 그 기준이 있다고 해도 클래식의 경우 명작이라고 칭송하는 정도입니다. 그러나 어느 정도 직접 목록을 만들어 가능한 한 좋은 것을 접하려는 노력은 했으면 합니다.

그러면 책의 경우 어떤 작품을 손에 넣으면 될까요? 나의 경우에는 교과서에 나올 만한, 어떤 의미로 평범한 작품부터 읽어보기로 했습니다. 모두가 제목 정도는 알고 있고 높게 평가되고 있는 작가나 작품들 말입니다. 물

론 열심히 읽었지만 재미가 없거나 끝까지 읽지 못한 것
도 있습니다.

　　그러다가 발견한 작가가 시가 나오야(일본 근대문학을
대표하는 소설가로, 독창적이고 간결한 문체와 인상적이고 예리
한 묘사로 독자적인 사실주의를 구축했다. _ 옮긴이)입니다. 그
의 책을 처음 읽고 탁월한 문장에 놀랐습니다. 그리고 그
것이 내게 중요한 것임을 직감했습니다. 이런 감각을 나
도 익히고 싶다면서 말이지요.

　　시가 나오야는 미술에 조예가 깊었으며 역사나 문화
에도 정통했습니다. 그런 기초가 있어 그 소설과 문장을
쓸 수 있었던 겁니다. 나는 그런 좋은 문장을 쓸 수 있는
사람은 매일 무엇을 보고 있을까, 무엇을 사용했을까,
어떤 음악을 들었을까 하는 것들을 진지하게 생각해봅
니다.

　　나는 '이 사람은 좋은 감각을 가지고 있구나' 싶으면
이 사람이 무엇을 보고 있었는지, 무엇을 읽고 있었는지,

무엇을 듣고 있었는지를 자세히 알아봅니다.

　예를 들어 에세이를 읽다가 '아, 마티스의 화집을 곁에 두고 있었구나' 하고 솔깃해할 만한 내용을 발견하면 '이 작가는 마티스를 매일 보고 있었구나' 하고 알게 되는 거지요. 그러면 나도 마티스의 그림을 제대로 살펴봐야겠다는 마음을 가지게 됩니다. 마티스가 멋있게 느껴지면 이번에는 마티스는 무엇을 읽고 무엇을 보고 있었나 하고 궁금증을 가지게 되고요. 나는 그렇게 감각이 좋은 사람들의 길을 따르며 나만의 취향과 감각을 다듬어나가고 있습니다.

　무언가 '이거다' 싶은 것을 샅샅이 뒤져나가는, 그야말로 완전한 호기심의 힘이지요. 흥미를 지닌 것은 이른바 기회라고 생각합니다. 그 부분을 놓치지 말 것. 놓쳐버리면 출발점으로 되돌아오게 됩니다. 호기심을 가지고 나아가면 반드시 무언가를 발견합니다. 발견한 다음에는 그것을 자세히 들여다봅니다.

잘 읽고 잘 듣고 잘 본다. 무언가 알게 될 때까지 아무튼 읽고 듣고 봅니다. 내가 정말로 중요하게 여기는 방법입니다.

인생 최고의 선생님은
부모님이라고 생각합니다.
이보다 좋은 선생님은 없습니다.
눈앞에서 인생을
가르쳐주고 있으니 말이죠.

인생 최고의 선생님은 부모님이라고 생각합니다. 여성이라면 어머니, 남성이라면 아버지를 자세히 살펴보세요. 이보다 좋은 선생님은 없습니다. 눈앞에서 인생을 가르쳐주고 있으니 말이죠.

나의 아버지는 딱히 대단한 사람은 아닙니다. 나이를 먹는다는 것에 대해 아버지를 보며 자주 생각합니다. 왜 아버지는 이렇게 되었을까, 나라면 이렇게 했을 텐데 하면서 배웁니다. 또한 이럴 때 아버지라면 어떻게 했을까 하고 상상을 해보기도 합니다.

자신의 부모를 자세히 들여다봅시다. 실제로 좀처럼 자신의 부모를 자세히 살피는 경우가 많지 않습니다. 오히려 만나본 적도 없는 역사 속 위대한 인물이나 유명한 사람을 떠올리며 그 사람이 자신과 같은 상황에 놓여 있다면 어떻게 했을까를 상상해보지요.

당연한 말이지만 아버지도 어머니도 언젠가는 죽습니다. 죽음의 과정, 혹은 인간으로서의 빈틈마저도 마지

막까지 지켜보고 싶습니다. 나는 남자라서 아버지를 관찰하는데 아버지는 정말로 이렇게 많은 것을 내게 몸소 가르쳐주고 있구나, 하고 감사의 마음으로 볼 때가 많습니다.

예를 들어 내가 일흔이 되었을 때 어떤 삶을 살고 싶은지 알고 싶다면 나의 부모를 보면 됩니다. 내 아버지와 어머니는 일흔 살에 어땠나. 이런 점은 굉장했지, 하지만 '그렇게 되고 싶지는 않아' 혹은 '이런 것이 필요하구나' 하며 얼마든지 배울 수 있습니다. 그러면 준비해둬야 할 것, 조심해야 할 것들을 알게 됩니다.

더 나아가 나와 부모의 관계는 가까운 미래에 내 아이와 나 자신의 관계로 이어져 있습니다. 나 역시 아이에게 늙어가는 자신을 보여주고 가르쳐줄 수 있어야 합니다.

하지만 훌륭하고 대단한 모습을 보여주기란 좀처럼 쉽지 않습니다. 보여줄 수 있다고 해도 사소하고 작은 것

뿐일지도 모릅니다. 나는 그 사소하고 작은 부분에 행복
과 배움이 있다고 믿습니다. 작은 것을 확실히 차곡차곡
쌓아나간다면 굳이 큰 것을 욕심내고 무리할 필요가 없
을 것입니다.

다양한 사람의 이야기에
귀 기울이려고 노력합니다.
그리고 내 생각이 무조건 옳지 않음을
늘 머리에 새깁니다.

얼마 전 지인과 이야기를 나누다 잡지를 어떻게 만들고 있냐는 질문을 받았습니다.

사실 나는 잡지를 어떻게 만들겠다는 고집이 없습니다. 많은 사람과 공유해야 하는 중요한 목적의식은 몇 가지 있지만 오늘 할 일을 충실하게 하고, 다음날은 또 새로운 자신으로 출발할 뿐입니다. 그래서 때때로 어제는 괜찮았던 것을 오늘은 부정하는 경우도 있습니다.

이 이야기를 한 지인에게 하니, 그 말이 맞다고 하면서 자신의 모습을 규정해버리면 안 된다고 하더군요. 감각이나 사고방식은 날마다 바뀝니다. 그러므로 어제 했던 자신의 선택을 끊임없이 의심해보아야 합니다.

오늘 눈앞에 있는 것을 열심히 하며 시행착오를 겪어나가는 수밖에 없습니다.

여기서 중요한 것은 어제와 비교해 오늘의 내가 무조건 달라져야 한다는 말이 아니라 오늘 생각한 것이 절대적이지 않다는 감각을 항상 유지해야 한다는 겁니다.

시간이 지나 또다시 원래의 의견으로 되돌아가는 일도 있습니다. 내 안의 답은 언제나 절대적이지 않음을 명심해야 합니다. 나도 사고방식이나 선택을 원래로 되돌리는 일이 셀 수 없이 많습니다. 이것저것 해보며 또다시 출발점으로 돌아가는 경우도 때로는 중요합니다.

타인이 건네는 이야기를 순수하게 받아들이고 자신의 생각을 새로운 마음가짐으로 생각해볼 때 좋은 감각도 기를 수 있습니다. 다시 말해 자신의 사고방식과 타인의 의견이 어떠한 화학반응을 일으키도록 하는 겁니다.

나 자신의 감각을 믿고 있지만 마음 한구석에서는 항상 내가 옳은지 의심하고 있습니다. 그래서 다양한 사람의 이야기에 귀 기울이려고 노력합니다. 그리고 내 생각이 무조건 옳지 않음을 늘 머리에 새깁니다.

감각을 깨우고 익힐 수 있는
아름다운 것을 신중하게
선택하려고 합니다.
나에게 물건을 사는 것은
그런 의미입니다.

예를 들어 사진이나 그림을 산다고 합시다. 근사하게 느껴지는 작품을 생활 속에 두는 것도 좋은 감각을 기르는 방법 중 하나입니다.

좋은 작품은 매일 보고 있어도 그날의 새로운 발견이 반드시 있습니다. '아, 오늘은 이런 근사한 부분이 있구나', '오늘은 이곳을 발견했다' 하고 말이지요. 매일매일 작품을 감상하면서 자연스럽게 감각을 기를 수 있는 것입니다.

여기서 중요한 것은 그렇게 작품을 구매할 때 '수집'을 해서는 안 된다는 겁니다. 인간에게는 물건을 모아 자신이 만족하면 거기서 멈춰버리는 경향이 있기 때문이지요. 특히 자신이 좋다고 여기는 것을 모을수록 그러기 쉽습니다.

나도 사진이나 화집뿐 아니라 그릇, 잡화 등을 보는 것을 좋아하고 꼭 마음에 드는 물건은 사기도 하지만 수

집하지는 않습니다. 그러면 무엇을 하느냐고요? 수집 대신 선택을 하고 있습니다.

'선택'은 자신의 감각이나 미의식의 알기 쉬운 척도 중 하나라고 생각합니다. '아, 나는 이것에 큰돈을 쓰는구나'는 자기 자신을 이해하는 것이기도 하므로 '수집'과는 다릅니다.

나도 마찬가지지만, 자신에게는 없는 근사함이나 아름다움을 갖추고 있는 것일수록 사람은 돈을 지불해서라도 손에 넣고 싶은 열망을 품게 됩니다. 원래 자신이 이미 갖고 있는 것이라면 딱히 손에 넣을 필요가 없으니 투자를 할 필요가 없지요.

사실 '선택하다'는 그저 단순히 근사하다, 귀엽다, 집에 놔두면 좋겠네 정도의 것이 아닙니다. 자신이 아무리 노력해도 도달하지 못하는, 자신에게 없는 것일수록 곁에 두고 마주하고 싶은 겁니다.

생활 속에 스며들어 감각을 깨우고 익힐 수 있는 아름다운 것을 신중하게 선택하려고 합니다. 나에게 물건을 사는 것은 그런 의미입니다.

자신의 행복을 나누는 것도
하나의 좋은 감각이라고 생각합니다.
미술관에서 멋진 작품을 만났다면
그 작품을 마음에 들어 할 친구에게
미술관에서 구매한 엽서를 보내는 겁니다.

예를 들어 '내게 없는 것이 여기에는 있다'고 느끼게 해주는 한 장의 사진 작품을 손에 넣었다고 해봅시다. 보고 있으면 멋있다는 생각뿐 아니라 말로 형용할 수 없는 무언가가 가슴에 차오르는 느낌이 듭니다.

이른바 '아름다운 것'을 손에 넣어 그 아름다움을 마주하고, 무언가를 느끼며 자신 안에서 아름다운 발견을 하고 나면 그 이후에는 그것을 어떻게 해야 할까요?

답은 순환시켜나가는 겁니다. 아름다운 것이 있으면 그 매력을 자신의 차례에서 멈추어서는 안 됩니다. 독차지하지 않는 자세가 중요합니다.

그 아름다운 것을 이번에는 자신이 다른 누군가에게 건네거나 전달해야 합니다. 생활 속에서 혹은 자신의 일터에서, 자신이 얻은 이득을 흘려보내야 합니다.

하지만 대부분의 경우 모두 자신의 차례에서 멈춰버립니다. 자신만의 아끼는 물건으로 방치해버리고 말지요.

독차지하고 있는 것은 너무나 아까운 일입니다. 자신이 발견하고 멋있다 생각한 깨달음을 자신의 차례에서 멈추면 그 이상 아무것도 발생하지 않습니다. 기껏 발생한다고 해봤자 자기만족 정도지요. 거기서 어떠한 형태로든 타인에게 흘려보내며 행복을 나누어주는 그런 사회활동으로 많은 사람들에게 기쁨을 줘야 합니다.

자신의 행복을 나누는 것도 하나의 좋은 감각이라고 생각합니다.

미술관에서 멋진 작품을 만나 눈이 밝아지는 경험을 했다면 그 작품을 마음에 들어 할 친구에게 미술관에서 구매한 엽서를 보내는 겁니다. 그걸로 충분합니다. 직접적이지 않아도 됩니다. 자신이라는 필터를 통해서 나눌 수 있다면 어떤 방식이든 괜찮습니다.

나는 누군가에게 받은 것이나 배우고 깨달은 아주 근사하고 기쁘고 아름다운 것들을 다음에 내가 어디로, 누구에게로, 어떤 식으로 흘려보내야 좋을지를 항상 고민

합니다. 갖고 있는 것을 남에게, 혹은 모두가 사용할 수 있도록, 그리고 그것을 모두에게 도움이 되는 것으로 변환할 수 있기를 늘 바라는 것이지요.

에필로그   당신의 삶 속에도 좋은 감각이 흐르기를

시가 나오야의 『암야행로』(저자가 약 25년 만에 완성시킨 소설로 삶에서 마주치는 순간순간이 주는 인상에 대한 세심한 묘사가 돋보이는 작품이다. _옮긴이)를 필사한 적이 있습니다. 그렇게 하면 좋아하는 시가 나오야의 '감각'을 배울 수 있다고 생각해서지요. 이 작품은 분량이 엄청난 장편이어서 전부를 베껴 쓰기란 쉽지 않았습니다.

힘들게 필사가 끝났을 때 무엇을 배웠냐고요? 그의 글을 한 자 한 자 따라 써보며 모든 의미에서의 균형 감각과 높은 완성도에 새삼 감동했습니다. 전체를 흐르는 문장, 그에 얽힌 호흡에 다시금 매료되었습니다.

그리고 시가 나오야의 좋은 감각은 '리듬'임을 알게

되었지요. 그는 리듬에 관한 수필을 쓰기도 했는데, 머리말 일부를 발췌해봅니다.

> 훌륭한 인간의 일―하는 일, 말하는 일, 쓰는 일, 그것이 무엇이든 마주하는 일은 실로 유쾌하다. 내게도 같은 것이 어딘가에 있다. 그것에 눈을 뜬다. 이대로 가만히 있을 수 없다. 일에 대한 의지를 스스로 분명하게 (혹은 막연히도 괜찮다) 느낀다. 이 쾌감은 특별하다. 좋은 말, 좋은 그림, 좋은 소설처럼 정말로 좋은 것은 사람에게 반드시 그런 작용을 일으킨다. 대체 무엇이 영향을 미치는 것일까.
>
> _『수필 의식주』 중에서

이 문장을 읽은 나는 좋은 감각은 리듬이며 그 감각을 배우는 것은 곧 리듬을 배우는 것임을 깨달았습니다.

훌륭한 음악에 아름다운 리듬이 필요하듯 당신의 삶 속에도 좋은 감각이 흐르기를 바랍니다.

마쓰우라 야타로

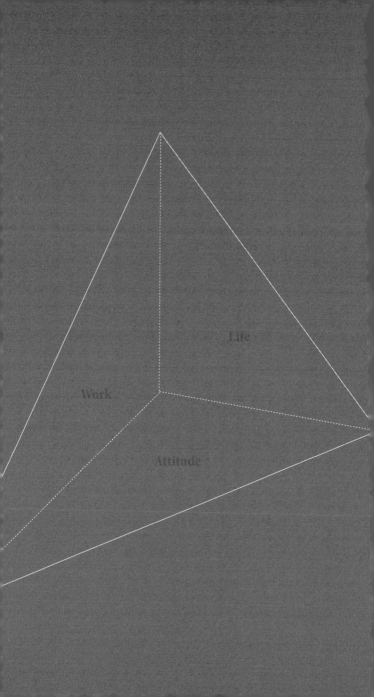

Work

Life

Attitude

좋은 감각 기르기
연습 노트

자신의 생각을 제대로 말하고

글로 쓸 수 있는 사람이야말로

틀림없이 매력적인 사람,

좋은 감각을 지닌 사람이라고 믿습니다.

IDEA 1

일하기 전 1시간, 떠오르는 생각들을
글로 정리하는 연습을 해봅시다.

본격적으로 일을 시작하기 전(아침 시간을 권합니다.) 1시간 정
도(각자의 상황에 따라 더 짧은 시간도 괜찮습니다. 시간을 낸다는
것이 중요합니다.) 머릿속에 떠오르는 생각들을 써봅시다. 어딘
가에서 본 것이 아닌 나만의 것을 반드시 찾을 수 있을 겁니다.
5일 동안 연습해보고 계속하고 싶은 마음이 든다면 작은 노트
를 마련해 모닝 루틴을 만들어 봅시다.

| DAY 1 | AM : ~ : |

DAY2	AM : ~ :

DAY3	AM : ~ :

DAY 4	AM : ~ :

| DAY5 | AM : ~ : |

(IDEA 2)

나의 생활을 관찰한 후 세세하게 기록해봅시다.

자신도 모르는 사이에 만들어진 습관이 있을 겁니다. 아침에
일어나 잠들기 전까지 자신의 습관이 무엇인지, 어떤 습관을
추가하면 좋을지, 어떤 습관은 없애면 좋을지 살펴봅시다. 자
신의 생활을 제대로 아는 것부터가 좋은 감각을 만드는 시작점
이 됩니다.

1. 매일 아침, 나의 습관을 기록해봅시다.

2. 업무 중, 나의 습관을 기록해봅시다.

3. 매일 밤 잠들기 전, 나의 습관을 기록해봅시다.

IDEA 3

언제든 편히 갈 수 있는
단골 미술관 리스트를 만들어 봅시다.

판단력이 둔해지고 흐려졌다 싶으면 고민하지 않고 미술관에
갑니다. 이때 자주 가는 미술관은 네다섯 곳 정도 정해두고 있
습니다. 직장이나 집에서 가까운 미술관들을 찾아 리스트로 작
성해봅시다. 이번 기회를 통해 미술관 방문을 생활 속 일부로
넣어보는 것도 좋겠습니다.

나의 단골 미술관 리스트

1.

2.

3.

4.

5.

(IDEA 4)

나에게 영감을 주는 것들에 찾아
기록하는 연습을 해봅시다.

'이 사람은 좋은 감각을 가지고 있구나' 싶으면 그 사람이 무엇을 보고 있었는지, 무엇을 읽고 있었는지, 무엇을 듣고 있었는지를 자세히 알아보는 태도는 중요합니다. 책 속에서 작가가 언급한 예술가에 관심을 가지게 되어 오히려 그 예술가의 팬이 될 수도 있고, 영화를 보다 나에게 맞는 패션 스타일을 발견할 수도 있습니다. 평소 감각이 좋다고 생각했던 사람의 인터뷰를 읽고 그 사람이 자주 간다는 장소에 찾아가 새로운 경험을 해볼 수도 있습니다. 나에게 영감을 주는 것들을 기록하고 내 것으로 만들어가는 과정을 통해 자신만의 감각을 다듬어갈 수 있습니다.

최근 나에게 영감을 준 '책'이 있습니까?

어떤 점이 나의 호기심을 불러일으켰습니까?

최근 나에게 영감을 준 '영화'가 있습니까?

어떤 점이 나의 호기심을 불러일으켰습니까?

최근 나에게 영감을 준 '사람'이 있습니까?

어떤 점이 나의 호기심을 불러일으켰습니까?

최근 나에게 영감을 준 '장소'가 있습니까?

어떤 점이 나의 호기심을 불러일으켰습니까?

최근 나에게 영감을 준 '물건'이 있습니까?

어떤 점이 나의 호기심을 불러일으켰습니까?

좋은 감각은 필요합니다

초판 1쇄 발행 2020년 8월 3일
초판 4쇄 발행 2023년 8월 10일

지은이 마쓰우라 야타로 **옮긴이** 최윤영

펴낸이 김종길 **펴낸 곳** 글담출판사 **브랜드** 인디고

기획편집 이경숙·김보라 **영업** 성홍진
디자인 엄재선 **마케팅** 김민지 **관리** 김예솔

출판등록 1998년 12월 30일 제2013-000314호
주소 (04029) 서울시 마포구 월드컵로8길 41(서교동)
전화 (02) 998-7030 **팩스** (02) 998-7924
페이스북 www.facebook.com/geuldam4u **인스타그램** geuldam
블로그 http://blog.naver.com/geuldam4u

ISBN 979-11-5935-069-6 (03830)
* 책값은 뒤표지에 있습니다.
* 잘못된 책은 구입하신 곳에서 바꾸어 드립니다.

* 이 도서의 국립중앙도서관 출판시도서목록(CIP)은 e-CIP 홈페이지
  (http://www.nl.go.kr/ecip)와 국가자료공동목록시스템(http://www.
  nl.go.kr/kolisnet)에서 이용하실 수 있습니다.
  (CIP 제어번호 : 20200028639)

만든 사람들 ─────────
책임편집 이은지 **표지 디자인** 정현주 **교정·교열** 윤혜숙

글담출판에서는 참신한 발상, 따뜻한 시선을 가진 원고를 기다리고 있습니다.
원고는 글담출판 블로그와 이메일을 이용해 보내주세요. 여러분의 소중한 경험과 지식을 나누세요.
블로그 http://blog.naver.com/geuldam4u 이메일 geuldam4u@geuldam.com

옮긴이 최윤영

자신이 전하는 글이 따스한 봄 햇살처럼 모든 사람들에게 다가가기를 바라며 일본 서적을 우리말로 옮기는 번역가로 활동 중이다.

옮긴 책으로는 『먹는 즐거움은 포기할 수 없어!』, 『혼자가 되었지만 잘 살아보겠습니다』, 『밤의 요가』, 『나만의 기본』, 『하나와 미소시루』, 『여리고 조금은 서툰 당신에게』, 『패밀리 집시』, 『아버지와 이토 씨』, 『애쓰지 않아도 괜찮다』 등이 있다.